Hans Fallada

Weihnachtsmann – was nun?

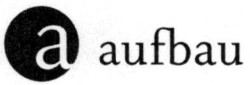 aufbau

Inhalt

* Die mit einem Sternchen (*) versehenen Titel stammen vom Verlag.

Familienbräuche

In Berlin halten die Weihnachtsbäume zeitig ihren Einzug auf Straßen und Plätzen. Dann fangen wir Kinder an, Vater zu drängen, dass er auch einen Baum besorgt. Zuerst verschanzt sich Vater dahinter, dass das überhaupt nicht seine Sache sei, sondern die des Weihnachtsmanns. Natürlich kommt er damit bei uns nicht mehr durch, selbst Ede glaubt nicht mehr an diese Figur, seit beim letzten Fest Herrn Markuleits, unseres Portiers, Schuhe unter Vaters umgedrehtem Gehpelz erkannt wurden. Nein, Vater soll machen und einen Baum kaufen. Auf dem Winterfeldplatz gab es die schönsten.

Schließlich versprach Vater sich umzusehen, in diesen Tagen habe er aber noch nicht recht Zeit dafür. Doch wir ließen nicht nach mit Drängen. Schließlich ging Vater, und wir alle erwarteten seine Rückkehr mit Spannung. Natürlich kam er leer zurück. Das hatten wir auch nicht anders erwartet, denn Vater kaufte nie etwas sofort. Er erkundigte sich erst überall, wo er es am billigsten bekäme. Aber Vater kam auch recht niedergedrückt heim: Die Weihnachtsbäume waren in diesem

Jahre unerschwinglich teuer! Er hatte uns doch recht verstanden, wir wollten wieder einen Baum vom Fußboden bis zur Decke –? Nun also, so etwas hatte er sich schon gedacht, aber solche Bäume gab es nicht unter neun Mark, und mehr als fünf wollte er keinesfalls anlegen … Wenn wir uns freilich mit einem auf den Tisch gestellten Bäumlein begnügen wollten –?

Wir schrien Protest. Es gelang dem Vater immer wieder, unsere Leidenschaft und unsern Zweifel zu erregen, obwohl sich alljährlich das gleiche Spiel wiederholte. Wir wussten ja, dass Vater wirklich sehr sparsam war, es war ja möglich, dass Weihnachtsbäume in diesem Jahre besonders teuer waren.

Von nun an kam Vater fast alltäglich mit neuen Geschichten über Weihnachtsbäume heim. Und diese Geschichten klangen so echt, mit ihren drastischen Berolinismen, dass wir immer sicherer wurden, Vater war wirklich auf der Suche nach einem Tannenbaum, hatte aber noch keinen gefunden.

Er erzählte uns, wie er am Viktoria-Luise-Platz beinahe, beinahe einen herrlichen Baum gekauft hatte, als er im letzten Augenblick merkte, dass die meisten seiner Zweige nicht an ihm gewachsen, sondern in eingebohrte Löcher gesteckt waren. Vater berichtete von windschiefen Tannenbäumen und von solchen, die jetzt schon nadelten, und von krummen Bäumen. Am Bayrischen Platz hatte Vater einen Baum fast schon gekauft, er und der

Händler waren nur noch um fünfundzwanzig Pfennige auseinander, da war ein Wagen vorgefahren, eine Damenstimme hatte gerufen: »Den Baum will ich!«, und fast aus Vaters Händen wurde der Baum zum Wagen getragen.

Vater tat sehr geheimnisvoll wegen der Käuferin. Er ließ es für möglich erscheinen, dass es vielleicht eine Prinzessin vom kaiserlichen Hof gewesen sei oder auch eine Hofdame, und er stellte uns vor, dass nun vielleicht des Kronprinzen Kinder mit »unserer Tanne« Weihnachten feierten!

Das versetzte unserer Phantasie einen Schwung, aber es verhalf uns immer noch nicht zu einer Tanne. Und das Fest zog näher und näher. Unser Drängen wurde heftiger. Aber nun wurde Vater plötzlich gleichgültig: Er habe diese ewige Lauferei nach Tannenbäumen satt, sie würden auch noch immer teurer. Nein, nun werde er bis zum 24. Dezember warten, wenige Stunden vor dem Heiligen Abend gingen die Händler immer mit ihren Preisen herunter, um den Rest loszuwerden. Freilich riskiere man, dass dann alles fort sei, aber er, Vater, nehme lieber ein solches Risiko in den Kauf, als dass er Wucherpreise zahle.

Wenn Vater so redete, schielte ich immer nach den Fältchen um seine Augen. Sie waren im Allgemeinen sichere Anzeiger für Ernst oder Scherz. Aber Vater wusste selbst sehr gut, dass solche Anzeiger in seinem Gesicht saßen, beherrschte oder verbarg sie – kurz, er brachte uns alle in Unsicherheit. Wir suchten die ganze Wohnung ab, wir stiegen auf den Boden und in den Keller, wir fanden keine Tanne, wir verzweifelten.

(Einmal ist es mir bei einer solchen Nachsuche geschehen, dass ich auf Mutters Versteck stieß, in dem sie alle unsere Weihnachtsgeschenke verheimlichte. Ich konnte meiner Neugierde nicht widerstehen und sah sie alle an. Ich habe nie ein kläglicheres, freudloseres Weihnachtsfest als dies erlebt. Ich musste noch Freude und Überraschung heucheln, und dabei war mir zum Heulen zumute! Von da an habe ich in der Weihnachtszeit meine Augen hartnäckig von jedem Paket, es mochte das harmloseste sein, fortgewendet.)

Also war es ausgemacht und beschlossen, Vater würde den Baum erst wenige Stunden vor der Bescherung kaufen. Wir waren von Angst erfüllt. Mit Kummer sahen wir die Bestände an Weihnachtsbäumen dahinschwinden, wir flehten Vater an, aber Vater schien unerbittlich.

Dafür hatte er ein neues Spiel erfunden, er ließ uns unsere Geschenke raten. Jeder bekam ein Rätsel auf wie dieses: »Es ist rund und aus Holz. Aber es ist auch eckig und aus Metall. Es ist neu und doch über tausend Jahre alt. Es ist leicht und doch schwer. Das bekommst du zu Weihnachten, Hans!«

Da konnte man lange raten! Mutter zwar schrie manchmal Weh und Ach. »Das ist zu leicht, Vater. Das muss er ja raten! Du nimmst ihm ja die Vorfreude!«

Aber Vater war seiner Sache sicher, und ich erinnere mich wirklich nicht eines einzigen Males, dass ich ein Geschenk erraten hätte.

Unter all diesen Vorbereitungen nahte das Fest. Am 24. Dezember stand Vater ungewohnt früh auf und zog sich mit Mutter ins Weihnachtszimmer, wie nun sein Arbeitszimmer hieß, zurück. Über Weihnachten ruhte alle Arbeit bei ihm. Da wollte er seine Familie ganz für sich haben. Für alle Fälle versuchten wir die Schlüssellöcher, trotzdem wir Vaters Vorsicht kannten: Er verhängte sie immer zuerst. Geheimnisvoll verdeckte Gegenstände wurden durch die Wohnung getragen. Alle lächelten, sogar die meist brummige Minna.

Der Vormittag ging für uns Kinder noch so einigermaßen hin. Meist waren wir mit unsern Geschenken für Eltern und Geschwister noch nicht fertig. Mit Eifer wurde laubgesägt, kerbgeschnitzt, spruchgebrannt, gehäkelt und gestickt, und was es da alles sonst noch für Beschäftigungen gab, durch die man in damaligen Zeiten die Wohnungen immer mehr mit Scheuel und Greuel anfüllte.

Zum Mittagessen gab es immer Rindfleisch mit Brühkartoffeln. Mutter vertrat den Standpunkt, dass wir uns noch früh genug den Magen verderben würden und vorher nicht einfach genug essen könnten. Nach dem Essen aber stieg unsere Spannung so sehr, dass wir eine Pest wurden, aus lauter Kribbligkeit und Erwartung brachen ständig Streitigkeiten zwischen uns aus. Schließlich jagte uns Vater auf die Straße mit dem Machtwort, nicht vor sechs Uhr nach Haus zu kommen, eher fange die Bescherung doch nicht an.

Meist trennten wir vier Geschwister uns sofort, wenn wir auf die Straße kamen. Die Schwestern gingen für sich, und ich machte mich mit Ede auf, um die schon hundertmal besichtigten Schaufenster der Spielwarenläden noch einmal anzusehen. Da stellten wir dann fest, was mittlerweile aus den Schaufenstern genommen war, und machten Pläne für das, was wir uns zum nächsten Weihnachtsfest wünschen wollten. Aber die Zeit wurde uns sehr lang, es schien überhaupt nicht dunkel werden zu wollen, und sonst kam die Dämmerung immer so schnell!

Wir gingen und gingen, aber die Zeit verging nicht.

Dann kamen wir auf das Spiel, auf den Granitplatten des Bürgersteigs so zu gehen, dass nie auf eine Ritze getreten wurde. Auch durfte man auf jeden Stein nur einmal treten. Gelang es, so bis zur nächsten Straßenecke zu kommen, so wurde ein Lieblingswunsch erfüllt. Dies war also unser Orakel, und es war gar nicht so leicht! Denn manche Steine waren für unsere Kinderbeine sehr breit, auch verlangten entgegenkommende Erwachsene, dass wir ihnen den Weg frei machten, und neben den

Granitplatten lag Kleinpflaster – dann ade, Lieblingswunsch!

Schließlich war es doch dämmrig geworden. Wir warteten so lange, bis in irgendeinem Fenster der erste Baum brannte, dann stürzten wir nach Haus mit dem Geschrei: »Die Weihnachtsbäume brennen schon überall! Warum geht's denn bei uns noch nicht los?«

Meist waren die Schwestern kurz vor uns eingetroffen oder kamen gleich hinterher, und meist waren die Eltern dann auch so weit, und wir brauchten nicht länger am Spieße zu zappeln, wie Vater das nannte.

Ich erinnere mich aber auch, dass ich einmal direkt vor der Bescherung noch zu einem Kaufmann in die Martin-Luther-Straße geschickt wurde, um Tomatenmark einzukaufen. Tomatenmark oder, wie man damals noch sagte: Tomatenpüree war zu jener Zeit noch eine teure Sache. Es wurde in kurzen gedrungenen Flaschen verkauft, und die Flasche kostete eine Mark.

Ich bekam also eine Mark in die Hand gedrückt und zog los. Es war ein schneidend kalter Wintertag, und ich war schon von dem vorhergehenden Straßenlaufen ganz durchkältet, so lief ich, so rasch ich nur konnte, zum Kaufmann. Meine Hände waren starr, und die Flasche in ihnen, mit der ich aus dem Laden trat, schien sie noch mehr zu durchkälten. Ich klemmte sie also unter den Arm, steckte die Hände in die Manteltaschen und machte, dass ich nach Haus kam. Kurz vor dem Ziel aber geschah das Unglück: Die Flasche glitt unter meinem Arm hervor, klacks! machte sie, und ein blutroter Fleck breitete sich rasch auf dem Schnee aus. Ich stand angedonnert davor ...

Nun waren die Eltern gar nicht »so«, ein derartiger Unglücksfall hätte mir nicht mehr als einen leichten Vorwurf und die Mahnung, doch endlich etwas besser aufzupassen, eingetragen. Aber die Festvorfreude, die Ungeduld, schnell zur Bescherung zu kommen, oder auch der Frost in allen Gliedern – ich bin immer ein Frostpeter gewesen – müssen mich völlig verwirrt haben. Ich stand wie gelähmt vor dem roten Fleck im Schnee, bohrte die Knöchel in die Augen und fing jämmerlich an zu weinen.

Trotzdem es in dieser Stunde vor der Bescherung eigentlich alle eilig hatten, sammelte sich bald ein kleiner Kreis um mich, denn zuzusehen hat der Berliner immer Zeit. Vom milden Trost bis zur urwüchsigen Veräppelung fehlte mir bald nichts. Ich erinnere mich noch, dass mir ein besonders hartnäckiger Witzbold immer wieder die Hand auf den Kopf legte und mich zwingen wollte, das Zeug aufzulecken: »Freut sich Mutta doch, det de's wenigstens im Bauche hast!«

Wäre ich nicht so eng umstanden gewesen, hätte ich mich längst auf die Beine gemacht, aber so erschien die Situation ziemlich hoffnungslos.

Plötzlich fragte eine etwas schleppende Stimme: »Was heulste, Junge?«

Ein Mann drängte sich in den Kreis. Ich sah hoch und erkannte *ihn*, mein geheimes Idol! Er besah den roten Tümpel. »Tomatenpüree, was?«, fragte er militärisch kurz. Ich nickte nur. »Kostet wie viel?« Ich schluchzte: »Eine Mark!«

»Hier hast 'ne Mark, Jung«, sagte er. »Weil heute Weihnachten ist. Lass die Pulle aber nicht noch mal fallen!«

Und damit machte er mir den Weg frei, und ich schoss wie ein Pfeil, noch immer etwas schluchzend, in die Martin-Luther-Straße.

Der Gedanke, dass mir grade mein geheimes Idol diese Mark geschenkt hatte, machte mich so glücklich, dass darüber im Augenblick sogar die Festfreude zurücktrat. Ich liebte diesen Mann schon lange aus der Ferne, ich bewunderte ihn, trotzdem er zweifelsfrei ein Mann und kein Herr war, ein Unterschied, den wir Kinder sehr genau machen lernten. Er musste in einem der Häuser in unserer Nähe wohnen, und wenn wir auf der Straße spielten, sah ich ihn im Sommer wie im Winter zwischen fünf und sechs Uhr vorübergehen. Dann sah ich ihn so lange an, wie es nur irgend ging.

Er trug eine Uniform, er war aber bestimmt nichts Militärisches, wahrscheinlich eher ein städtischer Beamter. Er ging ganz grade, den Kopf etwas im Nacken und die Augen in dem fahlen Gesicht halb geschlossen. Mit diesen halb geschlossenen Augen und einer Miene gleichgültiger Kennerschaft musterte er alle vorübergehenden Mädchen und Frauen, und trotzdem ich noch ein völliges Kind war, merkte ich doch, dass dieses Mustern auf viele einen Eindruck machte. Sie drehten sich oft nach ihm um, er sich aber nie. Ich habe ihn auch nie mit einem weiblichen Wesen gesehen, er ging immer allein. Er wird wohl einer jener gewissenlosen Frauenjäger gewesen sein, die nur im Dunkeln auf Beute ausgehen, ein wahres Ekel.

Aber damals war er mein Idol, und zwar vor allem wegen seiner Kopfhaltung und der halb geschlossenen Lider. Zu einer gewissen Zeit war meine Bewunderung für ihn so sehr gestiegen, dass ich mir vor dem Spiegel diese Kopfhaltung und diesen Blick einübte. Das hatte seine gewissen Schwierigkeiten, denn wenn ich die Lider wirklich halb schloss, konnte ich mich im Spiegel nicht recht erkennen. Aber schließlich war ich mit dem Ergebnis meiner Übungen zufrieden und beschloss, damit vor ein größeres Publikum zu gehen.

Im Hause verbot sich das, Vater hielt etwas auf grade Haltung und offenen Blick. Auch ist die Familie ein schlechtes Publikum für außergewöhnliche Leistungen: Der Prophet gilt nichts in seinem Vaterlande.

Also ging ich auf die Straße und promenierte dort auf und ab, in ebenjener einstudierten Haltung: den Kopf zurückgelehnt und die Augen halb geschlossen, die Hände aber hatte ich auf den Rücken gelegt und stolzierte so auf und ab. Ich erregte nicht ganz das Aufsehen, das ich erwartet hatte. So verstärkte ich meine zuerst nur schüchtern angenommene Pose zur vollen Wirkung – und plötzlich schlug ein Herr auf meine Schultern. »Junge, schlaf nur nicht auf der Straße ein!«, schrie er. »Mach gefälligst die Augen auf!«

Es war eine bittere Enttäuschung, und mit einem Schlage gab ich alle Versuche auf, ebenso dämonisch zu wirken wie jener Uniformierte. Aber meiner Verehrung für ihn tat dies keinen Eintrag, im Gegenteil, sie wurde eher noch glühender. Man kann sich danach denken, mit welchem Glück es mich erfüllte, dass grade mein Idol mir eine Mark geschenkt hatte. Ich flog wie von Engelfittichen getragen fort und heim. Ich nehme an, diesmal habe ich das Tomatenmark heil nach Haus gebracht, und die Bescherung konnte ihren Anfang nehmen.

Für die letzte Viertelstunde scheuchte Vater auch noch Mutter aus dem Weihnachtszimmer. Er baute ihr noch rasch seine Geschenke auf, auch war es sein eifersüchtig verteidigtes Vorrecht, die Lichter am Baum zu entzünden. In fliegender Hast warf Mutter sich in Gala, wobei sie noch uns auf Sauberkeit und Ordnung prüfte.

Nun versammelten wir uns schon alle erwartungsvoll auf dem Flur, die Herzen schlugen schneller, die Hoffnungen wurden immer ausschweifender. Ich ertappe mich dabei, dass ich vor lauter Aufregung die Fäuste fest geballt habe und immerzu vor mich hin flüstere: »Au

Backe! Au Backe! Au Backe!« Auch Edes Lippen bewegen sich stumm, ich weiß schon, er sagt sich noch einmal das Weihnachtsgedicht auf, das er gleich wird deklamieren müssen … Nun, in diesem spannendsten Moment, werde ich von der Mutter in die Küche geschickt, um die alte Minna zur Eile anzutreiben. Christa ist längst hier …

Minna ist noch beim Haarmachen. Ihr dunkles spärliches Haar steht in lauter kurzen Mäuseschwänzchen steil vom Kopfe ab. Jedes Schwänzchen wird sorgfältig mit Ochsenpfotenfett, einer Stangenpomade, eingerieben. Ich flehe Minna an, sich zu beeilen, obwohl ich aus Erfahrung weiß, dass jedes Hetzen bei Minna nur die Wirkung hat, sie noch zu verlangsamen, und kehre zu Mutter zurück, um ihr Bericht zu erstatten. Mutter entscheidet, dass wir auf Minna warten müssen. Aus dem Bescherungszimmer klingt eine raue Stimme: »Seid ihr auch alle artig?«

Wir brüllen begeistert: »Ja!«

Die Stimme fragt weiter: »Habt ihr euch auch alle die Zähne geputzt?«

Wir brüllen ebenso begeistert: »Nein!«

Und die Stimme fragt zum dritten Male: »Seid ihr denn auch alle fertig?«

Wir brüllen eiligst wieder ein »Ja!«, aber Mutter fügt hastig hinzu: »Wir müssen noch auf Minna warten!«

»Na, denn wartet man!«, ruft die Stimme, und hinter der Tür wird es wieder still.

Familie Ditzen um 1900: die Eltern mit Uli, Margarete, Rudolf und Elisabeth

Aber ein Geruch von brennenden Kerzen und Tannennadeln hat sich doch auf dem Flur verbreitet. Unsere Aufregung kann nun nicht mehr höher steigen. Ich tanze auf einem Bein wie ein Irrwisch umher, Ede sieht bleich vor Aufregung aus. Plötzlich geht er, fast finster vor Entschlossenheit, auf Christa zu, nimmt ihre Hand und küsst sie!

Christa wird puterrot und reißt ihm die Hand fort. Wir andern brechen in ein verblüfftes Lachen aus.

»Warum hast du das denn bloß gemacht, Ede?«, ruft Mutter verwundert.

»Nur so!«, antwortet er ohne alle Verlegenheit. »Irgendetwas muss man doch tun, und mir war grade so! Man wird ja verrückt vor lauter Warten!«

Nach diesen abgerissen hervorgestoßenen Sätzchen stellt er sich neben mich und haut mich mit der geballten Faust auf den Bizeps. Alle Vorbedingungen für die schönste Keilerei sind gegeben, aber …

Aber da erscheint endlich Minna! Ich finde, ihr glatt an den Schädel geschmiertes Haar sieht nicht anders aus als sonst, darum hätte sie uns wirklich nicht so lange warten lassen müssen!

Mutter ruft: »Vater, wir sind so weit!«, und fast augenblicklich ertönt das silberne Bimmeln eines kleinen Glöckchens. Sofort nehmen wir Aufstellung, und zwar ist nach dem Alter anzutreten, was auch genau der Größe entspricht. Wir stehen hintereinander wie die Orgelpfeifen, nur die zu kurz geratene Minna zwischen Christa und der Mutter stört …

Die Tür zum Bescherungszimmer fliegt auf, eine strahlende Helligkeit begrüßt uns. Geführt von Ede, rücken wir im Gänsemarsch ein. Vater, am Flügel sitzend, sieht uns mit einem glücklichen Lächeln entgegen.

Nach geheiligtem Gesetz dürfen wir weder rechts noch links schauen, wir haben schnurstracks auf den Baum loszumarschieren und vor ihm Aufstellung zu nehmen, nach dem Satz: Erst kommt die Pflicht, dann das Vergnügen. Die Pflichterfüllung aber besteht darin, dass Vater nach einem kurzen Vorspiel das Lied »Stille Nacht, heilige Nacht« spielt, nun setzen wir ein, und es wird gesungen. Das heißt, wir sind natürlich nicht wir, ich brumme nur so mit, und auch das gebe ich gleich wieder auf: Die kletttern ja auf alle Gipfel!

Unterdes mustere ich den Baum. Jawohl, es ist doch wieder ein Weihnachtsbaum geworden, wie er sein soll, vom Fußboden bis zur Decke. Vater hat uns also doch wieder reingelegt, denn diesen Baum hat er bestimmt nicht erst in der letzten Stunde gekauft! Wo er ihn nur so lange versteckt haben mag?! Im nächsten Jahre falle ich aber bestimmt nicht wieder darauf rein!

Der Baum trägt all den bunten Schmuck, den wir seit unsern frühesten Kindertagen kennen, Gold und Silber, bunte Papierketten, allerlei geometrische Figuren in Rhombengestalt, Vielecke, bei denen jede Seite anders bunt ist, Erzeugnisse unserer Pappklebereien an langen Winterabenden. Dazu uralter wächserner Schmuck noch aus Vaters Elternhaus, zart bemalte Engelchen und vor allem ein Kanarienvogel in grünem Ring, den Mutter jedes Jahr von neuem verbannt wissen will, denn es fehlt ihm die ganze Hinterfront. Aber Vater besteht mit uns Kindern auf seiner Anwesenheit, er gehört zu unsern Weihnachten. Dazu aber trägt der Baum in Fülle bunte Zuckerringe und Brezeln, schwarze Schokoladenfiguren, vergoldete Nüsse. Siehe da, nichts ist vergessen, auch die traditionellen Knallbonbons entdecke ich, mit denen wir bei der Baumplünderung Silvesterabend das neue Jahr einschießen werden!

Der Gesang ist beendet. Vater tritt in unsern Kreis und sagt ermunternd: »Nun los, Ede, nur Mut!«

Und Ede fängt nach kurzem Räuspern an, sein Weihnachtsgedicht aufzusagen. Es dauert nicht lange, und nun bin ich daran. Mein Teil ist die Weihnachtsgeschichte: »Es begab sich aber zu der Zeit, dass ein Gebot von dem Kaiser Augustus ausging, dass alle Welt geschätzet würde …« Ich weiß eigentlich gar nicht, wieso grade ich immer dazu kam, an der Weihnachtsgeschichte klebenzubleiben, die andern hatten es mit ihren kürzeren Verschen viel bequemer. Die Annahme, dass meine Eltern schon damals erkannt hatten, ich eigne mich mehr für Prosa als für Lyrik, scheint mir doch etwas gewagt.

Ich erledige meine Geschichte glatt, und nun sind die Schwestern dran. Gottlob gibt es auch bei ihnen keine Schwierigkeiten. Einmal nämlich war Fiete zu faul gewesen, ein Weihnachtsgedicht zu lernen, und hatte einfach das letzte in der Schule gelernte Gedicht als Ersatz geliefert. Es war das schöne Bürger'sche »Lenore fuhr ums Morgenrot«, worunter ich mir damals Lenore auf dem Wagen des Sonnengottes um das Morgenrot herumfahrend dachte. Aber so schön dies Gedicht auch sein mochte, es hatte einige Erregung, Tränen, Verzögerung der Bescherung gegeben … Gottlob war Heiliger Abend, an dem alles verziehen und vergeben wird!

Während die Schwestern aufsagen, schiele ich doch schon nach den Tischen. Ich möchte doch wenigstens sehen, wo mein Tisch steht, damit ich ihn nachher gleich finde. Im vorigen Jahr stand er beim Ofen. Aber beim ersten Umherschauen blendet mich eine solche Fülle von weißen Tischtüchern, Kerzchen, Bücherreihen, bunt lackiertem Zeug auf jedem Tisch, dass ich überhaupt keine Einzelheiten sehe. Und schon ist Vater hinter mir, dreht meinen Kopf wieder zum Baum und flüstert: »Willst du wohl mal nicht schielen! Alle Geschenke fliegen fort, wenn du schielst!«

Das glaubte ich nun freilich nicht mehr, aber es schien mir doch weise, Vaters Aufforderung zu folgen.

Gottlob ist Itzenplitz jetzt endlich auch fertig. Was hat sie eigentlich aufgesagt? Ich habe kein Wort gehört! Nun gehen wir bei allen umher, allen wünschen wir ein fröhliches Weihnachtsfest, von den Eltern bekommen wir einen Kuss, und nun ertönt endlich, endlich, endlich der Ruf: »Und jetzt sucht sich jeder seinen Tisch!«

Einen Augenblick Verwirrung, Durcheinanderlaufen – und Stille! Tiefe Stille!

Jeder steht fast atemlos vor seinem Tisch. Noch wird nichts angefasst, nur angeschaut. Also, da ist er nun wirklich, der langersehnte Anker-Brückenbaukasten. Endlich werde ich Cäsar seine Brücke über den Rhein schlagen lassen können. Und da steht Hagenbecks »Leben mit meinen Tieren«. Und daneben, wahrhaftig! ein Nansen, mein erster Nansen! Gott, ich werde zu lesen haben in diesen Weihnachtstagen ... Und da, in runden Holzschachteln, römische Legionen, Germanen und wirklich auch griechische Streitwagen! Ich werde eine Schlacht schlagen können –! Ich atme tief auf! Gott, ist das alles schön! Sie sind alle so gut zu mir, und ich bin oft so ruppig! Aber von jetzt an wird alles ganz anders werden, ich will ihnen nur noch Freude machen! Und aufgeregt fange ich an, die Bleisoldaten Schicht für Schicht aus den Schachteln zu nehmen …

Die Stille im Bescherungszimmer ist einem freudigen Lärm gewichen, überall wird gezeigt, gerufen … Schon wird hin und her gelaufen, die Schwestern haben einen ersten Überblick gewonnen und sind nun neugierig … Vater und Mutter lassen sich bald an diesem, bald an jenem Tisch sehen. Mutter besteht darauf, dass wir auch das »Nützliche« würdigen: neue Unterhosen oder einen Anzug. Aber das Nützliche ist uns egal, Unterhosen hätten wir sowieso haben müssen. Unterhosen sind nicht Weihnachten, aber Bleisoldaten sind es! Ein bunter Teller ist es, der überquillt von Süßigkeiten. Mit scharfem Blick mustere ich die Anzahl der Apfelsinen und Mandarinen auf dem Teller. Es sind beruhigend wenig, die Hauptsache besteht aus guter solider Leckerei zum Magenverderben. Und als Reserve ist da immer noch der Weihnachtsbaum mit seinem Behang. Es ist zwar verboten, an seine Süßigkeiten vor Silvester, vor der Plünderung zu gehen, aber jedes Stück kennt Vater doch nicht, und in der Weihnachtszeit sind alle Verbote gelockert.

Das Ergebnis war regelmäßig, da die Geschwister ebenso dachten, dass am Silvesterabend die Vorderseite des Baums einen freilich nur spärlichen Paradebehang aufwies. Die Rückseite aber war ratzekahl. Worüber sich Vater ebenso regelmäßig ärgerte, aber nur mäßig, nur weihnachtlich.

Plötzlich tönt ein verzweifeltes Schluchzen durch den Baum. Wir alle fahren hoch und starren. Es ist Christa, die zum ersten Mal das Weihnachtsfest fern dem elterlichen Haus verlebt. Der Kummer und die Freude im Verein haben sie überwältigt …

»Ach, ich bin ja so unglücklich! Ach, wenn ich doch zu Haus sein könnte! Ach, Frau Rat, Sie meinen es ja so gut, und die Nachthemden sind viel zu schön für mich, aber wenn ich sie doch nur für fünf Minuten meiner Mutter zeigen könnte! Ach, ich habe ja alles gar nicht verdient! Nein, ich habe es nicht, Frau Rat! Den Saucenrest in der letzten Woche, den Frau Rat so gesucht hat, den habe ich genascht! Und zwei Kalbsbratenscheiben habe ich auch gegessen! Aber sonst nichts, sonst bestimmt nichts! Und nun soll ich wirklich das schöne Nachthemd anziehen – nein, ich bin ja so unglücklich!«

Das Schluchzen verlor sich in der Ferne. Mutter führte die Gebrochene in stillere, für Beichten geeignetere Räume ab.

Haben wir nun alles gesehen? Können wir nun anfangen mit Spielen und Naschen und Lesen? Nein, denn nun fängt die Bescherung noch einmal an! Wir haben ja so viele Tanten und Onkel: Was die sich zum Weihnachts-

fest für uns ausgedacht haben, liegt noch säuberlich ver-
packt in Paketen, wie sie der Postbote brachte, unter
Vaters Schreibtisch. Wir versammeln uns um Vater, auch
Mutter ist wieder da, die Mädchen sind in der Küche
und legen die letzte Hand an das Abendessen, es fängt
nun an die Bescherung nach der Bescherung, die Festfreude in der Festfreude.

Aber das geht nicht so schnell, denn bei Vater muss
alles ordentlich zugehen, mit Bedächtigkeit. Er nimmt
das erste Paket, er verkündet: »Von Tante Hermine und
Onkel Peter«, und vorsichtig fängt er an, den Bindfaden
aufzuknoten. In diesem Hause darf nie ein Bindfaden
aufgeschnitten werden, alles wird geknüppert, und sei es
aus noch so viel Enden gestückt, mit dicken Knoten ver-
unziert. Zappelig sehen wir Kinder zu. Der Knoten will
ja gar nicht aufgehen. Aber Vater hat die Ruhe, wenn
wir sie nicht haben. Kunstvoll schlingt er jetzt aus dem
abgelösten Bindfaden ein Gebilde, das wir den »Rettungsring« nennen. »Ede, den Bindfadenkasten!«, ruft
Vater, und Ede trägt ihn herzu. Der Rettungsring wird zu
andern schon gesammelten gelegt, bereit zur nächsten
Benutzung. Das Packpapier wird methodisch zusam-
mengelegt – und der darunter sichtbare Karton ist noch
einmal verschnürt!

Wir Kinder verzweifeln fast vor Ungeduld. Nochma-
liges Knüppern und Zusammenrollen. Nun aber wird der
Deckel vom Karton abgenommen – und auf dem wei-

ßen, alles verhüllenden Seidenpapier liegt der Weihnachtsbrief.

Ein nochmaliger langer Aufenthalt, erst wird der Brief vorgelesen, ehe das Paket ausgepackt wird. Und manche Briefe sind sehr lang, fast ebenso lang wie langweilig, finden wenigstens wir Kinder.

Aber endlich ist es dann so weit. Es wird ausgepackt, es wird verteilt. Die einen freuen sich, die andern versuchen, ihre Enttäuschung zu verbergen. Es ist oft nicht leicht für die Onkel und Tanten, das Rechte zu treffen. Die uns länger nicht besucht haben, halten uns noch für die reinen Babys, sie haben keine Ahnung, wie wir zugenommen haben an Weisheit und Verstand ...

Der leere Karton wird beiseitegesetzt, die Geschenke zu den Tischen getragen, und nun kommt ein neuer Karton an die Reihe. »Von Onkel Albert!«, verkündet der Vater.

So geht es langsam durch zehn oder zwölf Pakete, unsere Geduld wird auf eine harte Probe gestellt. Aber vielleicht ist es grade das, was Vater mit dieser übertriebenen Langsamkeit erreichen will: Wir sollen warten lernen. »Kinder dürfen nicht gierig sein!« Dies war ein Fundamentalsatz unserer Erziehung. (Ich dachte damals oft, wenn ich ihn hörte: Also dürfen die großen Leute gierig sein? Die haben's aber gut!) »Sei bloß nicht so gierig«, diese Mahnung ist mir hundert-, tausendmal in meiner Jugend zugerufen worden.

Aber die Gierigste von uns allen war unbestreitbar unsere Schwester Fiete. Vor allem konnte sie sich nie vor Kuchen und süßen Speisen bezähmen. Wenn Mutter sie auf irgendeinen Besuch mitnahm, so gierte Fiete ewig nach dem Kuchen, und wenn sie nicht reden durfte, so bettelten ihre Augen so deutlich, dass sich jede Gastgeberin ihrer erbarmte.

Mutter war ganz verzweifelt darüber und beschloss, dass endlich ein Exempel statuiert werden müsse. Das Gieren müsse ein Ende nehmen. Also verabredete sie mit der nächsten Gastgeberin, bei der sie mit Fiete auftauchen wollte, dass Fiete unter keinen Umständen ein Stück Kuchen haben solle. Sie müsse einsehen lernen, dass es auch einmal so gehe.

Auf dem Hinweg wurde Fiete wiederum eingeschärft, dass sie nicht betteln dürfe, keine Blicke zu werfen habe, dass sie ruhig sitzen solle, kurzum, dass sie musterhaft artig zu sein habe.

Es ging alles auch wunderbar, Fiete bekam keinen Kuchen und gierte doch nicht. Man stand auf, man sagte einander Lebewohl, man stand schon an der Tür, da machte Fiete kehrt, lief an den Kaffeetisch, pflanzte alle fünf Finger in die Torte und rief: »Adieu, Kuchen!«

So viel über das Abgewöhnen kindlichen Gierens.

Schließlich ging auch das Pakete-Auspacken zu Ende. Unsere Tische konnten schon alle Geschenke nicht mehr fassen, sie wurden schon darunter gesetzt, und ganz ehrlich seufzte ich einmal: »Es ist ja alles viel zu viel!« Meine Eltern seufzten auch und dachten dasselbe. Es kam eben durch die ausgebreitete, geschenkfreudige Verwandtschaft. Die Eltern waren gar nicht für die übertriebene Schenkerei, sie hielten sich in ganz bestimmten Grenzen. Für jedes Kind hatte Vater eine Summe ausgeworfen, die Mutter bei ihren Einkäufen nicht überschreiten sollte, darauf sah Vater sehr.

Diese kleine Pedanterie Vaters hatte einmal meinem Bruder Ede und mir ein ganzes Weihnachtsfest verdorben. Das kam so: Ich hatte mich dem Drama zugewendet und hatte mir ein Puppentheater gewünscht, mit der Dekoration zum »Freischütz«. Schon lange, ehe Weihnachten war, hatte ich mir ausgedacht, wie wunderbar ich die Wolfsschlucht ausstatten wollte. Der Mond sollte transparent gemacht werden und mittels einer hinter ihm angebrachten Kerze richtig scheinen, auch war bereits im Voraus Magnesium für Blitze beschafft. Ede hatte sich Bleifiguren zum »Robinson Crusoe« gewünscht.

Schon beim Aufsagen der Gedichte hatte ich die ragende Proszeniumswand des Puppentheaters entdeckt, mein Herz war freudig bewegt. Sobald wir das »Aufsagen« hinter uns hatten, stürzte ich zu »meinem Theater«. Jawohl, da war es, und grade die Dekoration zur Wolfsschlucht war aufgestellt. Ich betrachtete sie, starr vor Entzücken, sie übertraf alle meine Erwartungen!

Da aber war Vater hinter mir und sagte: »Nein, Hans,

das ist nicht dein Tisch. Das ist Edes Tisch! Du bekommst den ›Robinson Crusoe‹!« Und als er mein bestürztes Gesicht sah, setzte er erklärend hinzu: »Sieh mal, Hans, du bist beim letzten Weihnachtsfest ein bisschen zu gut weggekommen und der Ede zu schlecht. Das Puppentheater ist viel teurer als die Bleifiguren, das muss also Ede bekommen …«

Und er führte mich von der Wolfsschlucht fort zu dem albernen »Robinson«.

Wie gesagt, ein völlig verdorbenes Fest! Wir Brüder konnten schlecht unsere Enttäuschung verbergen, wollten es wohl auch gar nicht und rührten unsere Geschenke überhaupt nicht an. Dafür schielten wir umso intensiver zum Tisch des andern. Mein guter Vater sah das wohl und fing an, sich erst gelinde, dann kräftig zu ärgern. Ein paar energische Scheltworte konnten unsere Festfreude auch nicht heben. Schließlich bekamen wir den dienstlichen Befehl, gefälligst nicht zu maulen, sondern mit unsern Geschenken zu spielen. Wir taten es mit so herausfordernder Lieblosigkeit, dass Vater uns zornentbrannt ins Bett steckte. Manchmal verlor eben auch er die Geduld – und hatte nun auch sein verdorbenes Fest!

Oft bin ich später gefragt worden, warum wir Brüder die Geschenke nicht einfach nach dem Fest untereinander austauschten. Aber wer so fragt, kennt unsern Vater nicht. Grade weil wir am Festabend gemuckscht und getrotzt hatten, sah er darauf und kontrollierte es auch, dass nach seinem Befehl gehandelt wurde. So gütig und geduldig er auch war, so empfindlich war er doch auch gegen jede Auflehnung, und wo er gar etwas wie Gehorsamsverweigerung spürte, wurde er unerbittlich. Gehorsam musste sein, das war ein Grundsatz bei ihm, an dem nicht gerüttelt werden durfte.

In solchen Fällen war er dann auch taub gegen alle Fürbitten der Mutter, die nach Frauenart nicht viel von Prinzipien hielt, sondern lebensklüger vom einzelnen Fall ausging. Für Vater war die Sache sehr einfach: Ich hatte das vorige Mal zu viel bekommen, also bekam ich jetzt wenig, das musste der Dümmste verstehen. Auf den Gedanken, dass es uns Kindern ganz gleich war, wie viel Geld ein Geschenk kostete, ist er leider nicht gekommen. Für Ede war das teure Puppentheater nicht eine Mark wert, der »Robinson« aber viele Hunderte, wenn man Freude überhaupt in Geld ausdrücken kann ...

Es waren dies eben die Schattenseiten von Vaters großer Sparsamkeit und Genauigkeit. So krass wie in diesem einen Falle haben wir sie freilich sonst nie zu fühlen bekommen. Aber ich weiß doch noch, dass es manchmal kleine Differenzen zwischen Vater und Mutter wegen des Haushaltsgeldes gab. Mutter war mit den Jahren eine wahre Künstlerin geworden, sich »einzurichten«. Aber Vater hatte sich einen Jahresvoranschlag gemacht, in dem alles bis auf das Kleinste berücksichtigt war, im

Monat war soundso viel vom Gehalt zurückzulegen. Jede Nachforderung zwang ihn nun, seine Pläne umzustoßen, zur Bank zu gehen, vom »Ersparten« etwas abzuheben, alles Dinge, die ihn aufs äußerste beunruhigten. »Wir wollen doch vorwärtskommen«, klagte er dann.

Wenn Mutter dann antwortete, so müssten wir eben auf Logierbesuch verzichten, blieb er dabei, es müsse sich doch einrichten lassen, wo sechs satt würden, fänden auch sieben ihr Brot, ein Satz, dessen Richtigkeit jede Hausfrau bezweifelt.

Wahrscheinlich infolge dieser genauen Rechnerei von Vater hatte sich bei uns Kindern der Mythos gebildet, Vater habe seit unserer Geburt jeden Pfennig für jedes einzelne von uns angeschrieben, und wer mehr als die andern bekommen habe, dem werde das dermaleinst vom Erbteil abgezogen. Dieses sagenhafte Kontobuch spielte in den Gesprächen und Gedanken von uns Kindern eine große Rolle. Es hatte aber sein Gutes: Wir wurden nie neidisch aufeinander. Bekam Fiete ein neues Kleid und paradierte damit vor Itzenplitz, so sagte die nur wegwerfend: »Das wird dir ja doch von deinem Erbteil abgezogen!«

Fiete antwortete dann zwar: »Na lass doch! Das ist ja noch so lange hin!«, aber es dämpfte doch den Stolz.

Natürlich hat dies sagenhafte Kontobuch nie existiert, trotzdem wir noch als große Menschen ein ganz klein bisschen daran glaubten und uns bei Vaters Tode danach umsahen. Vater hatte ganz im Gegenteil verfügt, dass wir Geschwister ganz gleichmäßig erben sollten, ohne Rücksicht darauf, was eines »vorweg« empfangen hätte. Aber an sich glaube ich noch heute: Hätte Vater nur die nötige Zeit gehabt, er hätte ein solches Buch schon führen können. Er war dazu sehr wohl imstande. Nicht um uns am Ende Mehrsummen abzuziehen, sondern um der Gerechtigkeit willen. Keines von seinen Kindern sollte je denken, es habe etwas vor den andern voraus. –

Doch war dieses gar zu ausgerechnete Weihnachtsfest eine einzige Ausnahme unter vielen, vielen durch nichts getrübten. Wenn wir dann fertig beschert und ausgepackt hatten, ging es zum Essen. Wir Kinder freilich folgten an diesem Abend nur ungern dem Ruf zu Tisch, wir hätten viel lieber weiter mit unsern Spielsachen gespielt und unsern Hunger von den bunten Tellern gestillt.

Aber das wurde natürlich nicht geduldet. In weiser Voraussicht gab es am Heiligen Abend stets Heringsalat, Mutter meinte, vor so viel Süßigkeiten sei etwas Saures das Beste! Schließlich aßen wir doch alle mit gesundem Appetit von den vielen schönen Sachen, und die Begeisterung schlug hohe Wellen. Immerzu wurde davon gesprochen, was jeder von seinen Geschenken besonders mochte, ein Kind ließ kaum das andere zu Worte kommen, jedes wollte den Eltern etwas von seiner Freude erzählen.

Aber vor allem wurde Vater gefragt, was denn nun seine Rätsel zu bedeuten hätten, ich hatte die Lösung des meinen auf dem Tisch nicht finden können und bildete mir nun ein, Vater habe noch ein besonderes Geschenk in der Hinterhand.

»Das ist doch so leicht, Hans«, sagte Vater. »Deine Zinnsoldaten sind eckig, aber die Schachtel um sie rund. Sie ist auch leicht, und die Soldaten sind schwer. Römische Legionäre hat es vor tausend Jahren gegeben, und doch besitzt du sie heute. – Na, das zu raten war doch wirklich kein Kunststück, Hans!«

Und das fand ich nun auch.

Dann kam noch der lange Abend, an dem wir bis zehn aufbleiben durften. Während wir uns mit unsern Sachen abgaben – Itzenplitz las natürlich schon, als müsse sie ihre sämtlichen Bücher noch an diesem Weihnachtsabend durchrasen –, saß Vater am Flügel und spielte einiges von den neuen Noten durch, die Mutter ihm geschenkt hatte. Mutter aber erschien nur zu kurzen Besuchen im Bescherungszimmer, denn in der Küche wurde noch gewaltig gearbeitet. Die weihnachtliche Gans für den nächsten Tag wurde vorbereitet und überhaupt so viel wie möglich vorgekocht, denn die Mädchen sollten es in den beiden nächsten Tagen auch leichter haben.

Dann ging es ins Bett. Bücher mitzunehmen war verboten, aber irgendein besonders geliebtes Spielzeug durfte sich jedes auf den Stuhl vor seinem Bett stellen. Und dann das Erwachen am nächsten Morgen. Dies Gefühl, aufzuwachen und zu wissen: Heute ist wirklich Weihnachten. Wovon wir seit einem Vierteljahr geredet, auf was wir so lange schon gehofft hatten, nun war es wirklich da!

Weihn. 1902.

Liebes Christkind ich wünsche mir zu Weihnachten.
Meine größten Wünsche sind.
1. Indianer zu Pferde. 1 Kasten
2. Buch Die Rache des Indianers
3. Linoleumdruckschn. 1 Kasten
4. Druckerei.   1 Zelte
5. Steinbaukasten. Bilder
6. Farbenkasten. Für Lotterie
die wichtigen Wünsche. Magazin
7. Federkasten, Federhalter. Feder
R. Ditzen.

Wunschzettel des 9-jährigen Fallada, Weihnachten 1902

Liebes Christkind*

Liebes Christkind, ich wünsche mir zu Weihnachten.

Meine größten Wünsche sind.
1. Indianer zu Pferde. 1 Kasten
2. Buch die Rache des Indianers
3. Liegende Deutsche. 1 Kasten
4. Druckerei | Zelte
5. Steinbaukasten. Bilder für Laterna Magika
6. Farbenkasten.

Die mäßigen Wünsche.
7. Federkasten, Federhalter. Federn.

R. Ditzen.

Lieber Hoppelpoppel – wo bist du?

Es war einmal ein kleiner Junge, der hieß Thomas. Dem hatten seine Großeltern zum ersten Weihnachtsfest einen kleinen Hund aus schwarzem Plüsch geschenkt, mit Hängeohren und frechen braunen Augen, eine Art Dackeltier, aber auf Rädern. Und da die Achsen dieser Räder nicht im Mittelpunkt saßen, sondern seitlich, hoppelte und wogte das schwarze Stoffgeschöpf auf und nieder, als haste es wild und über alle Kraft imaginären Hasen nach. Darum taufte der Vater den Hund »Hoppelpoppel«, und als Thomas etwas älter geworden war und sprechen konnte, genehmigte auch er diesen Namen. Er liebte den Hund sehr, immer musste er bei ihm sein, auch im Schlaf durfte er ihn nicht verlassen, und er wachte sehr genau darüber, dass die Eltern nicht nur ihrem Sohn, sondern auch dem Hoppelpoppel gute Nacht sagten. Es war eben eine richtige Liebe.

Nun geschah es, dass Toms Eltern an einen neuen Wohnsitz verzogen, weit, weit weg. Der kleine Thomas blieb während der Umzugstage bei der guten Tante »Kunjä«, und mit ihm natürlich Hoppelpoppel – wie hätte

Tom sonst bei Tante Kunjä schlafen können? Nach einer Weile war es dann so weit: Tante Kunjä fuhr mit Tom und dem Hund nach dem neuen Häuserchen. Auf dem Bahnhof erwartete sie der Vater, und der kleine Tom war so selig und verlegen über dies Wiedersehen, dass er schnurstracks seinen Kopf durch des Vaters Beine steckte und so den abfahrenden Zug betrachtete.

Dann gingen die drei Hand in Hand durch den Wald zur Mummi ins neue Häuserchen, und da kam plötzlich ein Augenblick, da Tante Kunjä angedonnert stehen blieb: »O Gott, habe ich nun doch den Hoppelpoppel in der Bahn liegengelassen!«

Der Vater machte rasch eine Kopfbewegung und sagte: »Still! Still! Hier hat der ›Herr‹ so viel neue Eindrücke, dass er ›ihn‹ einfach vergisst.«

Tom sagte noch gar nichts. Er marschierte stramm auf seinen Beinchen zwischen den beiden Großen und sah die herrlich hohen Bäume mit den Pieksenadeln an. Dann kam ein Zwinger mit einem Hund, und nun stand die Mummi unten auf einer Treppe und hielt die Arme weit auf. Sie gingen durch eine große Tür auf einen weiten Balkon, und plötzlich war da unten ein langes, langes Wasser, und ein Dampfer kam um die Waldecke und ein Kahn, zwei Kähne, viele Kähne …

Es wurde Abend, und der kleine Junge musste ins Bett. Er war müde und selig aufgeregt, aber als ihn die Mutter über die Bettleiter hob, sagte er: »Hoppelpoppel!«

Der Vater sagte ernst: »Hoppelpoppel fährt mit der Puffbahn, Thomas. Hoppelpoppel kommt morgen.«

Das Kind sah seine Eltern fragend an, erst sagte es nichts, als aber dann das Licht ausgemacht wurde, bat es wieder, dringend: »Hoppelpoppel!«

»Thomas muss jetzt schlafen«, sagte die Mutter streng und machte die Tür von außen zu. Die Eltern standen atemlos und lauschten. Nein, kein Gebrüll, kein Weinen, sondern Stille. – »Er wird sich beruhigen«, sagte Mummi. »Aber besser ist doch, du gehst morgen zur Bahn und machst eine Verlustanzeige.«

»Schön«, sagte der Mann. »Obgleich es keinen Zweck hat. Denn der Zug fährt weiter nach Polen, und die werden uns grade einen Hoppelpoppel zurückschicken!«

Am nächsten Morgen machte der Vater seine Verlustanzeige, dann kam der Nachmittagsschlaf – aber nein, es kam kein Nachmittagsschlaf.

»Hoppelpoppel!«

»Hoppelpoppel kommt bald.«

»Nun! Gleich!!«

»Thomas muss schlafen!«

Gebrüll, Wut, Trostlosigkeit, Jammer, nur kein Schlaf. Und am Abend dasselbe. Das neue Häuserchen und das viele Wasser und der Garten und der Hund im Zwinger und die vielen Dampfer – alles nichts! Hoppelpoppel, lieber Hoppelpoppel – wo bist du? Hoppelpoppel, ein alberner, schwarzer Stoffhund, war eine finstere Wolke am Himmel, nach drei Tagen überhing sie alles!

»Also ich fahre morgen nach Berlin und kaufe einen neuen Hoppelpoppel«, sagte der Vater zur Mummi.

»Vielleicht kriegst du solch einen gar nicht?«

»Soll das, bitte, hier so weitergehen?!«

Der Vater fuhr also, und schließlich fand er auch seinen Stoffhund, er fand genau den Hoppelpoppel. Er war lange umhergelaufen, er hatte viel Fahrgeld ausgegeben, aber: Heute Nacht wird Tom endlich wieder ruhig schlafen.

Der Vater war so glücklich über den kleinen Hund, am liebsten hätte er aller Welt Gutes getan. Da war im Abteil ein Kind, es war natürlich kein Kind wie der Thomas, nein, sondern ein dunkles, blasses Kind, es war ein meckriges Kind, es war ein schwieriges, störendes Kind, aber es war ein Kind … Es saßen noch zwei Herren im Abteil, das hielt den Vater nicht ab, er machte Kuckuck mit dem Kind, er lenkte es ab, er half der Mutter, so gut er konnte, aber es verschlug nichts, es blieb ein schwieriges Kind.

Der Vater nahm aus dem Netz das kleine braune Paket, das Kind sah zu. Er schnürte langsam das Paket auf, das Kind sah genau hin.

Was da wohl drin ist?

Er faltete das Papier auf, ließ ein bisschen sehen, mehr …

»Hoppelpoppel«, sagte der Vater ernst.

»Wauwau«, antwortete das Kind selig.

Es wurde nun doch eine sehr gute Bahnfahrt. Siehe, der dicke brummige Herr in der Ecke war ein rechter Großvater, er zog den Hoppelpoppel auf der leeren Bank zu sich hin. Hoppelpoppel hoppelte. Der Vater zog ihn am Schwanz zurück. Das Kind jauchzte.

Manchmal ging eine kleine Sorgenwolke über des Vaters Herz. »Wie weit fahren Sie?«, fragte er die Mutter des Kindes.

»Bis Neu-Bentschen. Und Sie –?«

»Oh, ich muss viel früher raus. Ihr Junge wird ja den Hund bis dahin überhaben.«

»Das weiß ich nicht«, sagte die Frau. »Wenn er was liebt, dann liebt er es auch richtig.«

»Na, eine Weile fahren wir ja auch noch«, sagte der Vater nachdenklich und ließ den Hund bellen.

Der Vater kramte das braune Papier wieder vor und den Bindfaden. »Nun pass auf, jetzt geht Hoppelpoppel schlafen.«

Das Kind sah aufmerksam zu, aber dann, als der Hund im Papier verschwand, fing es an zu weinen. »Hoppäpoppä«, sagte es klagend.

Alle redeten auf das Kind ein, das Kind weinte stärker, der Vater sagte: »Ich brauche ihn ja schließlich nicht eingepackt mitzunehmen, er kann ihn ja noch den Augenblick halten …«

Das Kind nahm den Hoppelpoppel in den Arm, es lächelte, es lächelte – lieber Himmel!, es war doch ein sehr ähnliches Kind …

Der Zug fuhr langsamer, der Zug hielt.

»Nun gib dem Onkel den Hoppelpoppel.«

Das Kind hielt den Hund fest.

»Willst du wohl artig sein, gibst du –!«

»Aussteigen –!«

»Du sollst den Hund loslassen!«

»Gib mir doch den Wauwau, bitte, bitte! Ich habe auch einen kleinen Jungen …«

»Sie wollen noch raus? Bitte, beeilen!«

Alles ging durcheinander, das Kind weinte schmerzlich, der Schaffner schimpfte. Eine Hand (es war die Hand der Mutter) riss an der klammernden Kinderhand, das Weinen wurde lauter. Der Vater stand draußen mit seinem Hoppelpoppel, er dachte verwirrt: Wenn er was liebt, dann liebt er es auch richtig …

Der Zug fuhr an, der Vater riss die Tür wieder auf, warf den Hund ins Abteil. Der Zug fuhr schneller, am Fenster waren Mutter und Kind zu sehen, das Kind hielt den Hoppelpoppel …

Der Mann ging langsam durch den dunklen Wald nach Haus, er hatte es nicht eilig. Wenn er zu Haus ankommen würde, würde sein Junge grade ins Bett gebracht werden, er würde sehnsüchtig betteln: Hoppelpoppel! Der Mann bereute nicht, der Mann schalt sich nicht, er war nur traurig. Irgendetwas war nicht in Ordnung auf dieser Welt, irgendetwas stimmte nicht: Dem einen geben, dass der andere weint –?

Der Mann schloss die Tür auf, oben krähte der Tom. Der Mann ging langsam und leise die Treppe hinauf, er hing leise den Mantel fort, er zog seine Hausschuhe an … Schließlich musste er doch die Tür aufmachen …

Da aß sein kleiner Sohn am Tischchen den Haferbrei, und auf dem Tischchen stand der Hoppelpoppel! Der Hoppelpoppel mit einem langen, langen Zettel am Hals.

»Sieh nur, Mann«, sagte die Mummi.

Auf dem Zettel standen viele bahnamtliche Vermerke, aber da stand auch: »Zbaszyń (Bentschen). Kleine schwazze Hund, särr biese. Beißt …«

»Kleine schwazze Hund, särr biese …«, sagte der Vater langsam.

Komisch: plötzlich war die Welt wieder in Ordnung.

Der gestohlene Weihnachtsbaum

Ein wesentlicher Unterschied zwischen Kindern und Erwachsenen ist der, dass die Großen ungefähr wissen, was sie vom Leben zu erwarten haben, die Kinder aber erhoffen noch das Unmögliche. Und manchmal behalten sie damit sogar recht.

Seit Mitte Dezember der erste Schnee gefallen war, dachte Herr Rogge wieder an den Weihnachtsbaum und die alljährlich wiederkehrenden endlosen Schwierigkeiten, bis er ihn haben würde. Die Kinder aber nahmen allmorgendlich ihre kleinen Schlitten und zogen in den Wald, den Weihnachtsmann zu treffen. Natürlich war es einfach lächerlich, dass es in diesem Lande mit Wald über Wald keine Weihnachtsbäume geben sollte. Überall standen sie, sie wuchsen einem gewissermaßen in Haus, Hof und Garten, aber sie gehörten nicht Herrn Rogge, sondern der Forstverwaltung. Der alte Förster Kniebusch aber, mit dem Herr Rogge sich übrigens verzankt hatte, verkaufte schon längst keine Baumscheine mehr.

»Wozu denn?«, fragte er. »Es kauft ja doch keiner einen. Und wenn sie sich ihren Baum lieber ›so‹ besorgen, habe ich doch den Spaß, sie zu erwischen, und ein Taler Strafe für einen Baum, den ich ihnen aus den Händen und mir ins Haus trage, freut mich mehr als sechs Fünfziger für sechs Baumscheine.«

So würde also Herr Rogge sich entweder den Baum »so« besorgen müssen – was er nicht tat, denn erstens stahl er nicht und zweitens gönnte er Kniebusch nicht die Freude –, oder er würde achtzehn Kilometer in die Kreisstadt auf den Weihnachtsmarkt fahren müssen zur Besorgung eines Baumes, der ihm vor der Nase wuchs – und das tat er erst recht nicht, und den Spaß gönnte er Kniebuschen erst recht nicht. Blieb also nur die unmögliche Hoffnung auf den Weihnachtsmann und seine Wunder, die die Kinder hatten.

Gleich hinter dem Dorf ging es bergab, einen Hohlweg hinunter, in den Wald hinein. Manchmal kamen die Kinder hier nicht weiter, über dem schönen sausenden Gleiten vergaßen sie den Weihnachtsmann und liefen immer wieder bergan. Heute aber sprach Thomas zum Schwesterchen: »Nein, es sind nur noch drei Tage bis Weihnachten, und du weißt, Vater hat noch keinen Baum. Wir wollen sehen, dass wir den Weihnachtsmann treffen.«

So ließen sie das Schlitteln und traten in den Wald. Was der Thomas aber nicht einmal dem Schwesterchen erzählte, war, dass er Vaters Taschenmesser in der Joppe hatte. Mit sieben Jahren werden die Kinder schon groß und fangen an, nach Art der Großen ihren Hoffnungen eine handfeste Unterlage zu verschaffen. –

Der alte Kakeldütt war das, was man früher ein »Subjekt« nannte, wahrscheinlich weil er so oft das Objekt behördlicher Fürsorge war. Aus dem mickrigen Leib wuchs ihm ein dürrer, faltiger, langer Hals, auf dem ein vertrocknetes Häuptlein wie ein Vogelkopf nickte. Wenn der Herr Landjäger sagte: »Na, Kakeldütt, denn komm mal wieder mit! Du wirst ja wohl auch allmählich alt, dass du vor den sehenden Augen von Frau Pastern ihre beste Leghenne unter deine Jacke steckst«, dann krächzte Kakeldütt schauerlich und klagte beweglich: »Ein armer Mensch soll es wohl nie zu was bringen, was? Die Pastern hat 'ne Pieke auf mich, wie? Und Sie haben auch 'ne Pieke auf mich, Herr Landjäger, wie? Natürlich in allen Ehren und ohne Beamtenbeleidigung, was?« Und bei jedem Wie und Was ruckte er heftig mit dem Häuptlein, als sei er ein alter Vogel und wolle hacken. Aber er wollte nicht hacken, er ging ganz folgsam und auch gar nicht unzufrieden mit.

Wir aber als Erzähler denken, wir haben unsere Truppen nun gut in Stellung gebracht und die Schlacht gehörig vorbereitet: Hier den alten Förster Kniebusch, der gern Tannenbaumdiebe fängt. Dort den Vater Rogge, in Verlegenheit um einen Baum. Ziemlich versteckt das anrüchige Subjekt Kakeldütt mit großer Findigkeit für fragwürdigen Broterwerb und als leichte Truppen, die das Gefecht eröffnen, Thomas mit dem Schwesterchen, ziemlich gläubig noch, aber immerhin mit einem nicht einwandfrei erworbenen Messer in der Tasche. Im Hintergrund aber die irdische Gerechtigkeit in Gestalt des Landjägers und die himmlische, vertreten durch den Weihnachtsmann.

Alle an ihren Plätzen? Also los!

Das Erste, was man durch den dick mit Schnee gepolsterten, stillen Wald hört, ist: ritze-ratze, ritze-ratze … Kakeldütt, erfahrener auf dunklen Pfaden als der siebenjährige Thomas, weiß, dass ein Tannenbaum sich schlecht mit einem Messer, gut mit einer Säge von den angestammten Wurzeln lösen lässt.

Herr Rogge, in Zwiespalt mit sich, greift nach Pelzkappe und Handstock: Hat man keinen Tannenbaum, kann man sich doch welche im Walde beschauen. Kniebusch stopft seine Pfeife mit Förstertabak, ruft den Plischi und geht gegen Jagen elf zu, wo die Forstarbeiter Buchen schlagen. Die Kinder haben unter einem Ginsterbusch im Schnee ein Hasenlager gefunden, hinten ist es zart gelblich gefärbt.

»Osterhas Piesch gemacht!«, jauchzt Schwesterchen.

Die alte gichtige Brommen aber hat schon zwanzig Pfennig für den Kakeldütt, der ihr weißwohlwas besorgen soll, bereitgelegt. Ritze-ratze … Ritze-ratze …

Förster Kniebusch – die akustischen Verhältnisse in einem Walde sind unübersichtlich –, Förster Kniebusch ruft leise den Hund und windet. »I du schwarzes Hasenklein! War das nun drüben oder hinten –? Warte, warte …«

Ritze-ratze …

Thomas und das Schwesterchen horchen auch. Schnarcht der Weihnachtsmann wie Vater –? Hat er Zeit, jetzt zu schnarchen –?! Friert er nicht –? Erfriert er gar – und ade der bunte Tisch unter der lichterleuchtenden Tanne?!

Ritze-ratze …

Herr Rogge hat die Fußspuren seiner Kinder gefunden und vergnügt sich damit, ihre Spuren im Schnee nachzutreten, mal Schwesterchens, mal Brüderchens. Auch er findet das Hasenlager, auch er spitzt die Ohren. Thomas wird doch keine Dummheiten machen?, denkt er. Ich hätte doch in die Stadt fahren sollen.

»Ach nee, ach nee«, stöhnt ganz verdattert Kakeldütt, wackelt mit dem Vogelkopf und starrt auf die Kinder. »Wer seid denn ihr? Ihr seid wohl Rogges –?«

»Das ist der Weihnachtsbaum«, sagt Thomas ernst und betrachtet die kleine Tanne, die mit ihren dunklen Nadeln still im Schnee liegt.

»Weihnachtsbaum – Weihnachtsmann«, brabbelt Schwesterchen und sieht den ollen Kakeldütt zweifelnd an. Ist das ein echter Weihnachtsmann? Enttäuschung, Enttäuschung – ins Leben wachsen heißt ärmer werden an Träumen.

»Ich hab 'nen Baumschein vom Förster, du Roggejunge«, verteidigt sich Kakeldütt ganz unnötig.

»Hilfst du mir auch bei unserer Tanne?«, fragt Thomas und greift in die Joppentasche. »Ich hab ein Messer.«

In Kakeldütts Hirn erglimmen Lichter. Rogges haben Geld. Sie zahlen nicht nur zwanzig, sie zahlen fünfzig Pfennig für einen Weihnachtsbaum. Sie zahlen eine Mark, wenn Kakeldütt den Mund hält. »Natürlich, Söhning«, krächzt er und greift wieder zur Säge. »Nehmen wir gleich den –?«

Herr Rogge auf der einen, Förster Kniebusch auf der andern Seite den Tannen enttauchend, sehen nur noch Thomas und Schwesterchen. Keinen Kakeldütt.

»Thomas!«, ruft Herr Rogge drohend.

»Rogge!«, ruft Kniebusch triumphierend.

»Nanu!«, wundert sich Thomas und starrt auf die Äste, die sich noch leise vom weggeschlichenen Kakeldütt bewegen.

Der Sachverhalt aber ist klar: ein abgeschnittener Baum, ein Junge mit einem Messer in der Hand …

»Ich freue mich, Rogge«, sagt Kniebusch und freut sich ganz unverhohlen. »Stille biste, Plischi!«, kommandiert er dem Hund, der in die Schonung zieht und jault.

»Du glaubst doch nicht etwa, Kniebusch?«, ruft Rogge empört. »Thomas, was hast du getan?! Was machst du mit dem Messer?«

»Deinem Messer, Rogge«, grinst Kniebusch.

»Hier war 'n Mann«, sagt Thomas unerschüttert. »Wo ist der Mann hin?«

»Weihnachtsmann«, kräht Schwesterchen.

Kinder zu erziehen ist nicht leicht – Kinder vorm Antlitz triumphierender Feinde zu erziehen ist ausgesprochen schwer. »Komm einmal her, Thomas«, sagt Herr Rogge mit aller verhassten väterlichen Autorität. »Was machst du mit meinem Messer? Woher hast du mein Messer?« Er gerät unter dem Blick des andern in Hitze. »Wie kommt die Tanne hierher? Wer hat dir gesagt, du sollst eine Tanne abschneiden?«

»Hier war 'n Mann«, sagt Thomas trotzig im Bewusstsein guten Gewissens. »Vater, wo ist der Mann hin?«

»Weihnachtsmann weg!«, kräht Schwesterchen.

»Sollst du lügen, Tom?«, fragt Herr Rogge zornig. »Ekelhaft ist so was! Komm, sage ich dir …« Und mit aller väterlichen Konsequenz eilt er mit erhobener Hand auf den Sohn zu. Ausgerechnet angesichts von Kniebusch als Waldfrevler erwischt! Nichts mehr scheint eine väterliche Tracht Prügel abwenden zu können.

»Halt mal, Rogge!«, sagt Förster Kniebusch mit erhobener Stimme und zeigt mit dem Finger auf den frischen Baumstumpf. »Das ist gesägt und nicht geschnitten.«

Rogge starrt. »Wo hast du die Säge, Junge?«

»Hier war 'n Mann«, beharrt Thomas.

»Und recht hat der Junge, und du hast unrecht. Rogge«, freut sich der Kniebusch. »Da die Spuren – das sind nicht deine und nicht meine. – Und du hast überhaupt meistens und immer unrecht, Rogge. Damals, als wir uns verzürnt haben, hattest du auch unrecht. Fische können nicht hören! Du bist rechthaberisch, Rogge, und was war hier für ein Mann, Junge?«

»Ein Mann.«

»Und wenn ich dieses Mal unrecht hab, aber ich hab's nicht, denn wozu hat er das Messer? – Damals hatte ich doch recht. Und Fische können sehr wohl hören …«

»Unsinn – in den Kuscheln muss er noch stecken, Rogge! Los, Plischi, such, du guter Hund! Los, Rogge, den Kerl zu fassen soll mir zehn Weihnachtsbäume wert sein. Los, Junge, fass deine Schwester an, wenn du ihn siehst, schreist du!«

Und los geht die Jagd, immer durch die Tannen, wo sie am dicksten stehen.

»Weihnachtsmann!«, ruft Schwesterchen. Die Tannennadeln stechen, und der Schnee stäubt von den Zweigen in den Nacken.

»Also lassen wir es«, sagt nach einer Viertelstunde Förster Kniebusch missmutig. »Weg ist er. Wie in den Boden versunken. – Du kannst doch die Tanne brauchen, fünfzig Pfennig zahlst du, und so hat das Forstamt wenigstens was von dem Gejachter.«

Aber wo ist die Tanne? Dies ist der Platz, denn hier steht der Stumpf – aber wo ist die Tanne?

»I du schwarzes Hasenklein!«, sagt Förster Kniebusch

verblüfft. »Der ist uns aber über, Rogge! Holt sich noch den Baum, während wir hier auf ihn jagen. Na, warte, Freundchen, wenn ich dir mal wieder begegne! Denn die Katze lässt das Mausen nicht, und einmal treffe ich sie alle … Gib mir das Messer, Junge, damit ihr wenigstens nicht leer nach Hause geht. Ist der dir recht, Rogge? Schneidet sich elend schlecht mit 'nem Messer, das nächste Mal bringst du besser 'ne Säge mit, Junge, weißt du, einen Fuchsschwanz …«

»Kniebusch –!«, schreit Herr Rogge förmlich. Aber auf diesen Streit der beiden brauchen wir uns nicht auch noch einzulassen, er ist schon alt und wird aller Wahrscheinlichkeit nach noch sehr viel älter werden.

Jedenfalls fasste Thomas auf dem Heimwege seine Meinung dahin zusammen: »Ich glaube, es war doch der Weihnachtsmann, Vater. Sonst hätt er doch nicht so verschwinden können, Vater! Wo der Hund mit war.«

»Möglich, möglich, Tom«, bestätigte Herr Rogge.

»Aber, Vater, klauen denn die Weihnachtsmänner Weihnachtsbäume?«

»Ach, Tom –!«, stöhnte Herr Rogge aus tiefstem Herzensgrunde – und war sich gar nicht im Klaren darüber, wie er diesen Wirrwarr in seines Sohnes Herzen entwirren sollte. Aber schließlich war in drei Tagen Weihnachten. Und vor einem strahlenden Tannenbaum und einem bunten Bescherungstisch werden alle Zweifel stumm und alle Kinderherzen gläubig.

Herzklopfen *

[An Johannes Kagelmacher]

Am 29. 12. 1928

Lieber Kagelmacher,

wie maßlos gemein es von Ihnen war, mir betr.
Vergleichung von Frl. Issels und meinem Horoskop
nur einen Haufen Konstellationen ziemlich un-
leserlich aufzuschreiben, mit denen ich so gut wie
nichts anzufangen weiß, und die übrige Arbeit
dem Leben zu überlassen – darüber sage ich als
anständiger Mensch natürlich kein Wort.

Ganz im Gegenteil – ich bin so anständig, Ihnen
mitzuteilen, dass das Leben sich sofort an die Arbeit gemacht hat und dass ich mich am 2. Weihnachtsfeiertage
morgens ½4 Uhr mit Frl. Issel, die Anna heißt, aber
Suse genannt wird, verlobt habe. (Sie kennt meine
Vergangenheit.) Und ich bin so glücklich, wie ich es
noch nie in meinem Leben gewesen bin, und ganz
erstaunt darüber, dass sie ebenso glücklich zu sein
scheint. Was ein junges und ausnehmend gut aussehen-
des Mädchen an mir findet, ist mir nicht ganz verständ-
lich, aber jedenfalls bin ich wirklich derartig glücklich,

dass ich alle Augenblicke Herzklopfen bekomme.

Ihnen ein paar Daten, die mich in gelindes Erstaunen versetzen: am 13. 10. habe ich Suse zum ersten Mal gesehen und bin ich nach Neumünster umgezogen. Am 13. 11. hat mich mein neuer Chef zum ersten Male aufgesucht. Am 13. 12. habe ich den Anstellungsvertrag mit ihm unterschrieben. Am 26. (2 mal 13) 12. habe ich mich mit Suse verlobt. Ist das vorläufig genug? Und das ist doch schließlich nur das, was sich an Daten einem geradezu aufdrängt. […]

Ich mag Ihnen von der Suse nichts vorschwärmen. Nur gesagt sei, dass ich noch nie auf einen Menschen so stolz gewesen bin wie auf dieses selten harmonische stille, wirklich edle Menschenkind. Auch habe ich noch nie eine Frau gefunden, die innerlich so unverkrampft, so wundervoll frei gewesen ist wie diese. Ich bete zu den Göttern, dass sie mir nicht neidisch werden, dass mir nicht irgendeine Tücke diese wundervolle Gabe von meinem Munde fortreißt. Ich habe vor – und die Suse ist einverstanden –, dass wir in aller Heimlichkeit schon in großer Kürze heiraten werden, sie bleibt dann ganz wie bisher in Hamburg, ich hier, nur binden will ich mich oder sie, ach weiß der Himmel, warum!

Es ist elf Uhr abends, eben werden von Nebenmietern Einwendungen gegen das Maschinengeklapper erhoben, ich muss schließen.

Lieber Kagelmacher, Sie haben mir einmal prophetisch ins Kittchen geschrieben, auch für mich würde sich das Leben noch einmal wieder lohnen, ich hab's nicht geglaubt, nie hätte ich gedacht, dass es noch einmal so köstlich kommen könnte.

Zum Neuen Jahr die alten Freuden

Ihr
Di[tzen]

Fünfzig Mark und ein
fröhliches Weihnachtsfest

Wir waren frisch verheiratet, Itzenplitz und ich, und hatten eigentlich gar nichts. Wenn man sehr jung ist, dazu frisch verheiratet und sehr verliebt, macht es noch nicht viel aus, wenn man »eigentlich gar nichts« hat. Gewiss, manchmal kamen so kleine seufzerische Anwandlungen, aber dann war immer einer von uns, der lachend sagte: »Es braucht ja nicht alles auf einmal zu kommen. Wir haben doch alle Zeit, die Gott werden lässt ...« Und die kleine Anwandlung war vorbei.

Aber dann erinnere ich mich doch an ein Gespräch, das zwischen uns im Stadtpark geführt wurde, wo Itzenplitz aufseufzend sagte: »Wenn man doch nicht immer gar so sehr mit dem Pfennig rechnen müsste –!«

Ich hatte keinen rechten Begriff von der Sache. »Na und?«, fragte ich. »Was dann –?«

»Dann würde ich mir was anschaffen«, sagte Itzenplitz träumerisch.

»Und was denn zum Beispiel?«

Itzenplitz suchte. Sie musste wirklich erst suchen, ehe sie sagte: »Zum Beispiel ein Paar warme Hausschuhe.«

»Ach nee!«, sagte ich ganz verblüfft und war völlig außer Fassung über meines Weibes Elisabeth (wurde Ibeth, wurde Itzenplitz) Sinnen und Trachten. Denn wir führten dies Gespräch im Hochsommer, die Sonne prallte, und was mich anging, so gingen meine Wünsche in diesem Augenblick nicht weiter als zu einer kühlen Brause und einer Zigarette.

Doch müssen als Niederschlag dieses Hochsommergesprächs dann unsere Weihnachtswunschzettel entstanden sein. »Weißt du, Mumm«, hatte Itzenplitz gesagt und energisch ihre lange, spitze Nase gerieben, »wir sollten jetzt schon anfangen, jeden Wunsch, der uns einfällt, aufzuschreiben. Nachher zu Weihnachten geht alles in einer Hatz, und man schenkt sich womöglich etwas ganz Dummes, was man nachher nicht braucht.«

Auf einen Zettel aus meinem Abonnentenwerbeblock schrieben wir also den ersten Weihnachtswunsch: »Ein Paar warme Hausschuhe für Itzenplitz«, und darunter, weil es doch streng gerecht bei uns zugehen sollte, setzte ich nach vielem Stirnrunzeln und Nachdenken: »Ein gutes Buch für Mumm!« Mumm bin ich. »Fein«, sagte Itzenplitz und fixierte den Wunschzettel so begeistert, als könnten sich aus dem Papier Hausschuhe und Buch stracks loslösen.

Und dann wuchs unser Wunschzettel aus dem Hochsommer in den Spätherbst, in den ersten Schlackerschnee, in die ersten weihnachtlichen Schaufenster, wuchs,

wuchs … »Das macht gar nichts, dass so schrecklich viel darauf steht«, tröstete Itzenplitz. »Dann haben wir die Auswahl. Eigentlich ist es doch mehr eine Streichliste. Kurz vor Weihnachten streichen wir alles, was nicht geht, jetzt haben wir das Wünschen doch noch frei.« Sie dachte nach und sagte: »Wünschen kann ich mir doch, was ich will, nicht wahr, Mumm?«

»Ja«, sagte ich leichtsinnig.

»Schön«, sagte sie, und schon schrieb sie, schon stand da: »Ein bleuseidenes Abendkleid (ganz lang).« Sie sah mich herausfordernd an.

»Na, weißte, Itzenplitz«, bemerkte ich.

»Wünschen ist frei, hast du gesagt.«

»Richtig«, stimmte ich zu und schrieb: »Ein Vierröhrenradioapparat« – dabei sah ich sie herausfordernd an. Und dann gerieten wir in einen heftigen, mit ungeheurem Scharfsinn geführten Streit, was wir nötiger brauchten, Abendkleid oder Radio – und wussten beide ganz genau, dass weder das eine noch das andere in den nächsten fünf Jahren auch nur in Frage kam.

Aber das alles war viel, viel später, vorläufig stehen wir beide noch im sommerlichen Stadtpark und haben unsere ersten beiden Wünsche aufgeschrieben. Ich habe schon ein paarmal Itzenplitz' Nase erwähnt, »Entenschnabel« sage ich manchmal auch dazu. Also mit dieser Nase wittert sie immer herum, und dazu hat sie die raschesten Augen von der Welt. Sie fand immerzu was, und so rief sie auch in diesem Augenblick: »Da ist er ja! Oh, Mumm, da ist unser erster Weihnachtsgroschen!« Und sie stieß ihn mit der Fußspitze an.

»Weihnachtsgroschen?«, fragte ich und hob ihn auf. »Dafür hol ich mir jetzt im Schützenhaus drei Zigaretten.«

»Gibst du ihn her! Der kommt in unsere Weihnachtssparbüchse!«

Lauter neue Dinge. »Hast du denn eine Sparbüchse?«, fragte ich. »Nie so 'n Ding bei dir gesehen!«

»Ich find schon eine, du! Lass mich man suchen.« Und sie sah sich unter den Parkbäumen um, als sollte das Suchen gleich losgehen.

»Wir machen es so«, schlug ich vor. »Wir überschlagen uns, was wir uns zu Weihnachten spendieren wollen, sagen wir mal fünfzig Mark … Bis Weihnachten gibt's noch sechsmal Geld, und da legen wir uns jedes Mal acht Mark, nein, acht Mark fünfzig zurück. Und jetzt hole ich mir meine Zigaretten.«

»Der Groschen gehört mir! Und überhaupt, so was Dummes und Ausgerechnetes wie deinen Quatsch eben, das ist eine stramme Leistung. Das machen wir ganz anders …«

»Ach nee –? Wie denn?«

»Wenn wir sonntags vom Ausflug ganz müde sind und möchten mit der Bahn nach Haus fahren, dann nehmen wir die fünfzig Pfennig und latschen zurück, und je schwerer es uns fällt, umso schöner ist es …«

»Wahrhaftig!«, höhnte ich.

»Und wenn du 'ne Brause möchtest und ich Schokolade, und wenn wir sonntags Rouladen möchten und essen stattdessen saure Linsen – und überhaupt: ein ganz dummer Junge bist du! Und mit dir rede ich drei Tage kein Wort, und auf der Straße gehe ich nun schon überhaupt nicht mit dir …!«

Und damit ließ sie mich stehen und peste allein los, und ich ging langsam hinterher. Aber als wir nachher in die Stadtstraßen kamen, ging sie auf der einen und ich auf der andern Seite, als hätten wir nichts miteinander zu tun. Und nur wenn so ein richtiger dicker Haufe sonntäglicher Bürger daherkam, wurde ich furchtbar gemein und rief nach der andern Straßenseite hinüber: »Pssst! Frollein! Hören Sie doch mal, Frollein!« Die Bürger machten Stielaugen, und sie kriegte ein rotes Gesicht und warf den Kopf wütend in den Nacken …

Aber einmal lief sie doch zu mir rüber, da war ihr eingefallen, dass wir ja eine leere Büchsenmilchdose hätten, nur mit den zwei Löchern drin, und da könnte ich doch mit dem Stemmeisen einen Schlitz reinhauen, und wir hätten eine knorke Sparbüchse. Wo es doch sogar Büchsenmilch »Glücksklee« war …

»Großartig«, höhnte ich. »Wie das Geld wohl aussehen mag, wenn es ein halbes Jahr im Milchschlamm gelegen hat!« Weg war sie, und: »Psst! Frollein!« Sie war richtig auf achtzig.

Aber dann fiel mir was ein, und ich raste zu ihr rüber und schrie: »Hör mal, du, daran haben wir ja gar nicht gedacht, zu Weihnachten gibt's doch fünfzig Mark Gratifikation!« Erst wollte sie mich ja anfunkeln und fing schon an, wer mir Trottel wohl eine Gratifikation geben würde, aber dann überlegten wir den Fall doch ernsthaft und grübelten, ob es in diesem Jahr bei den schlechten Geschäften überhaupt eine Gratifikation geben würde, und vielleicht doch ja, beinahe sicher doch ja, und kamen zu dem Ergebnis: »Wir wollen so tun, als käme keine. Aber herrlich wäre es …!«

Nun muss ich aber noch berichten, wieso wir eigentlich so mit dem Groschen rechnen mussten und wovon wir eigentlich lebten und was für Aussichten wir eigentlich mit der Gratifikation hatten. Es ist gar nicht so einfach, auseinanderzusetzen, was für eine Art Tätigkeit ich hatte, und ich muss heute selber den Kopf schütteln, und klar ist mir nicht mehr (so kurze Zeit das auch nur her ist), wie ich meine mancherlei Tätigkeiten miteinander vereinigte. Vormittags ab sieben jedenfalls saß ich erst mal auf der Redaktion eines Käseblättchens und machte die Hälfte des lokalen Teils voll, während mir gegenüber Herr Redakteur Preßbold saß und die ganze sonstige Zeitung mit Hilfe von Bildern, Matern, Korrespondenzen, Radio und einer sehr defekten Schreibmaschine füllte. Dafür bekam ich achtzig Mark im Monat, und das war unsere einzige feste Einnahme. War das aber überstanden, dann ging ich los auf Abonnenten- und Inseratenfang, dafür bekam ich Tantieme, eine Reichsmark fünfundzwanzig für jeden Abonnenten und zehn Prozent von jedem Inserat. Dazu hatte ich aber auch das Inkasso einer freiwilligen Krankenkasse (drei Prozent der Beiträge) und die Erhebung der Mitglieds-beiträge eines Turnvereins (fünf Pfennig pro Mann und Monat). Und um die Sache recht zu krönen, fungierte ich auch noch als Schriftführer des Wirtschafts- und Verkehrsvereins, aber davon hatte ich nur die Ehre und die Spesen und die etwas nebulose Aussicht, dass die Herren mal was für mich tun würden, wenn sich grade mal was fände.

An Tätigkeit fehlte es also nicht, und das Betrübende an der ganzen Geschichte war nur, dass alle Tätigkeiten zusammen kaum so viel einbrachten, um Itzenplitz und mich am Leben zu erhalten – »was anschaffen« war Fremdwort. So manches Mal kam ich vergnittert und trostlos nach Haus, wenn ich den halben Tag umherge-laufen war, an fünfzig Türen geklingelt und keine fünf Groschen verdient hatte. Heut bin ich fest davon über-zeugt (wenn sie's auch immer noch nicht wahrhaben will), dass Itzenplitz nur darum so voller aufreizender Einfälle war, um mich in Fahrt und damit auf andere Gedanken zu bringen.

Es muss so im Herbst gewesen sein, nasses Nebelwet-ter und mieseste Stimmung bei mir, und unsere Weihnachtssparbüchse hatte noch immer keine rechte feste Form angenommen, dass ich nach Haus kam und Itzenplitz mit einem Küchenmesser in der einen und einem der Länge nach durchgesägten Brikett in der andern Hand vorfand.

»Was in aller Welt machst du da?«, fragte ich erstaunt, denn sie war dabei, mit der Messerspitze dies halbe Brikett auszuhöhlen. Die andere Hälfte lag vor ihr auf dem Tisch.

»Still, Mumm!«, flüsterte sie geheimnisvoll. »Überall sind schlechte Menschen« Und sie zeigte mit dem Messer nach der nur mit Tapete überklebten Tür, hinter der jener Nachbar hauste, den wir unter uns nur Klaus Störtebeker nannten.

»Also, was ist los?« Und nun erfuhr ich es denn im Verschwörerton, sie hatte das Brikett halbiert und wollte es aushöhlen und einen Schlitz reinmachen und mit Syndetikon wieder zusammenkleben, und das sollte unsere Weihnachtssparbüchse werden, und zwischen die andern Briketts wollte sie's stecken. Und ihre Augen funkelten vor List und Geheimnis, und ihre lange Nase schnüffelte mehr als je … »Und vollkommen meschugge bist du!«, sagte ich. »Und außerdem, Weihnachten, der Heber hat gesagt, an eine Gratifikation ist dies Jahr überhaupt nicht zu denken, der Chef ist sooo, weil's Geschäft schlecht geht …«

»Fein«, sagte sie, »erzähl mir alles schön der Reihe

nach, damit ich richtig weiß, wer das Brikett am Weihnachtsabend an den Kopf kriegt.«

Ich habe schon berichtet, unser Redakteur war Herr Preßbold. Das war ein feiner Kerl, schnauzig, polterig, immer dicker werdend, aber zu sagen hatte er nichts, soviel er auch sagte. Zu sagen hatte alles Herr Heber, der die Kasse unter sich hatte und die Bücher führte und das Ohr des Großen Häuptlings besaß. Den Großen Häuptling bekamen wir kleinen Indianer nur alle halbe Jahr mal zu sehen, der karriolte ewig mit seinem Mercedes im Lande umher und hatte hier ein Sägewerk und da 'ne kleine Provinzzeitung und hier ein Zinshaus und da ein Gütchen.

Aber bei uns war seine rechte Hand Herr Heber, ein langschinkiger, dürrer, trockener Zahlenmann, und bei dem hatte ich eine Bohrung angelegt von wegen Weihnachtsgratifikation und fünfzig Mark, aber ich war nicht fündig geworden, im Gegenteil, er hatte sich bei mir erkundigt, ob ich denn schon vom ersten diesjährigen Frost was abbekommen hätte und ob ich 'ne Ahnung hätte, was das hieße, in einem Verlustbetrieb zu arbeiten, und ich sollte froh sein, wenn der Saustall nicht zu Neujahr zugemacht würde.

Und was das Schlimmste war, Preßbold, mit dessen Unterstützung ich fest gerechnet hatte, tutete auf demselben Horn und machte mir noch Vorwürfe wegen meiner Rosinen, ich sollte froh sein, wenn wir nicht abgebaut würden, und den Großen Häuptling bloß nicht reizen. Und während die beiden so auf mich einredeten, dachte ich, dass mir Verlustbetrieb und die Sorgen des Großen Häuptlings ganz piepe seien, und an meinem Auge rauschten die Wunschzettel vorbei, weggeweht wie vom Herbstwind, und es tanzten dahin die warmen Hausschuhe und das Abendkleid und das gute Buch mit der Weihnachtsente.

Ja, richtig, die Weihnachtsente, sie bietet mir Gelegenheit, eine neue Person (nur einmal flüchtig erwähnt) in meinen wahrheitsgetreuen Bericht einzuführen: unsern Nachbar hinter der Tapetentür, genannt Klaus Störtebeker. Wie Störtebeker richtig hieß, das haben wir wohl nie gewusst, er hatte jedenfalls die nördliche, wie wir die südliche Mansarde hatten. Er war ein richtiger schwarzer Mann, eigentlich kann ich ihn nur so zeichnen, dass ich berichte, dass er völlig schwarz wirkte: schwarze struppige Haare, schwarze, wild funkelnde Augen und einen schwarzen strubbligen Bart. In der Stadt und namentlich bei der Polizei war er eine sehr bekannte und gefürchtete Persönlichkeit, weil er ein Säufer und ein Krakeeler war. Nebenbei war er noch Heizer im Städtischen Elektrizitätswerk. Wir wohnten dicht bei dicht: Und wenn er sich im Bett umdrehte, hörten wir das, und so wird er denn von uns ja auch alles gehört haben.

Das mit der Ente jedenfalls hatte er gehört, das war auch eine Weihnachtsdiskussion zwischen uns gewesen.

Bei ihr wie bei mir war im elterlichen Haus zu Weihnachten die Gans traditioneller Vogel gewesen, aber darauf gerieten wir nun doch bei der Debatte, dass eine Zwölfpfundgans (»wenn sie weniger wiegt, sind's nur Haut und Knochen«) für uns zwei beide etwas zu viel war. Also eine Ente, sozusagen Gans in Oktav statt Folio, grade das Richtige für zwei, aber wo kaufen und wie teuer …?

In diesem Augenblick erklang in Störtebekers Kammer ein Gebrüll, ein raues, unverständliches Gebrüll, und eine Minute darauf schlug eine Faust gegen unsere Tür. Schwankend, aber wild anzusehen wie ein Urwaldbiest, direkt aus dem Bett, so stand Störtebeker in unserer Tür, nur in Hemd und Hose, die er mit einem strammen Griff der linken Hand hochhielt. »Besorg ich euch, den Weihnachtsvogel«, krächzte Störtebeker und funkelte uns an.

Wir waren ziemlich erschrocken und verlegen. Itzenplitz rieb sich die Nase und murmelte immerzu nur was von »sehr freundlich« und »sehr liebenswürdig«, und ich versuchte einen Sermon, dass wir noch nicht völlig entschlossen wären, vielleicht käme doch eine Gans in Frage oder ein Truthahn …

»Dussels!«, brüllte Störtebeker und schmiss die Tür, dass der Kalk von der Decke flog.

Er muss uns aber unsere »Dusselei« trotzdem nicht übelgenommen haben, das Entenangebot erneuerte er

zwar nicht, aber als er eine Woche vor Weihnachten Itzenplitz auf dem Vorplatz traf, wie sie versuchte, aus
zwei Brettern einen Tannenbaumfuß zusammenzuhäm-
mern, nahm er ihr die Bretter fort und erklärte: »Mach
ich. Hab ein gehobeltes Brett beim Kessel. Schenk ich
euch zu Weihnachten. Prima Fuß.«

Aber das ist schon wieder vorgegriffen, eigentlich sind
wir noch bei der Gratifikation. Mein erster Angriff also
war abgeschlagen, und gewissermaßen zum Troste un-
ternahmen wir nun eine Überprüfung unserer Finanzlage, stellten fest, was wir denn nun eigentlich seit dem
großen Weihnachtssparentschluss beiseitegebracht hatten. Das war gar keine so einfache Feststellung, denn Itzenplitz hatte ein ganzes System von Einzelkassen: Wirt-
schaftsgeld, Taschengeld, Mumms Geld, Kohlenfonds,
Neuanschaffungskasse, Mietefonds und Weihnachtskas-
se. Und da in fast allen Schachteln und Schächtelchen
entsprechend unserer Finanzlage meistens Ebbe herrsch-
te, schliefte das bisschen Geld, das da war, wie ein Dachs
aus einer Kasse in die andere, und anzusehen war dem
Rest nicht, in welche Kasse er gehörte.

Itzenplitz rieb viele Male ihre immer röter werdende
Nase, legte hierhin und dorthin, nahm weg, tat zu, während ich am Ofen stand und sarkastische Bemerkungen
machte. Schließlich schien festzustehen, dass der Weih-
nachtsfonds innerhalb dreier Monate auf sieben Mark
fünfundachtzig angeschwollen war, vorausgesetzt, dass

die Briketts bis zum Ersten reichten. Falls nein, gehörten auch noch zwei Mark fünfzig in den Kohlenfonds.

Wir sahen uns an … Aber es kommt kein Unglück allein, und so tauchten ausgerechnet in diesem Moment vollständiger Pleite in Itzenplitzs Hirn erstens Schwiegermama, zweitens Tutti und Hänschen auf, Nichte und Neffe –: »Mama und den Kindern habe ich doch immer was zu Weihnachten geschenkt. Das muss gehen, Mumm!«

»Bitte, bitte …, aber wenn du mir verraten möchtest, wie –?«

Itzenplitz verriet es nicht, sondern tat etwas Geniales, sie holte mich mal wieder ab vom Käseblättchen und spann dabei den ollen, langweiligen Knochen von Heber in eine geradezu hinreißende Unterhaltung. Ich sehe ihn dort noch sitzen mit seinem langen, betrübten Pferdegesicht, ordentlich mit ein bisschen Rot auf den Backen, sitzen an der einen Seite der Schranke der Expedition, Itzenplitz auf unserm einzigen Rohrstuhl auf der andern Seite der Schranke, Itzenplitz in Glacéhandschuhen und ihrer rotgetupften, weißseidenen Bluse zum Trägerrock, in ihrem billigen Sommermäntelchen. Und sie packte aus, sie plauderte, sie brabbelte, sie schwätzte, sie klönte! Sie gab ihm das Gift, das er haben wollte, sie fütterte sein olles, verstocktes Junggesellenherz mit Klatsch, sie erfand vom Fleck weg, sobald nur ein Name fiel, die schönsten Geschichten. Sie klatschte über Leute, die sie nie gesehen, verlobte, entlobte, es war ein Wirbel, setzte Kinder in die Welt, ließ Erbtanten sterben, aber die Köchin von Paradeisers –!

Und in Hebers alte, glupsche Fischaugen kam richtiges Leben, seine Knochenfaust schmetterte auf die Schranke. »Von dem habe ich mir das doch immer gedacht –! Nein, so was!!« Und sachte, sachte pirschte sie sich von der Liebe ins Geld, von den teuren neuen Gardinen bei Spieckermanns, wie die das könnten, und wir könnten es jedenfalls nicht, und bei Leisegangs sollte es auch wackeln, aber hier sähe es ja, Gott sei Lob und Dank, glänzend aus, kein Wunder, bei der Geschäftsführung –: »Und überhaupt rechnen wir fest darauf, dass Sie beim Chef ein gutes Wort für uns einlegen wegen der Weihnachtsgratifikation. Herr Heber, Sie können's erreichen ...«

Sie saß da, leergepumpt, aber ihre Augen hatten förmlich einen Strahlenkranz von Eifer und Entzücken und Beschwörung – und ich konnte nicht anders, ich schlich mich hinter sie und stieß sie drei-, viermal mit den Knöcheln in den Rücken, um ihr meine Begeisterung merklich zu machen. Aber das olle lange Ekel von Heber war natürlich keine Spur gerührt, er räusperte sich nur trocken und erklärte mit erhobener Stimme und einem Seitenblick auf mich, er wüsste schon Bescheid und mit Speck finge man Mäuse, ihn aber nicht, und wer sich die Pfoten verbrennen wollte, der möchte nur immer selbst zum Chef gehen, bitte schön –!

Es war eine vollkommene, schmähliche Niederlage. Mit kläglichem Gestammel flohen wir aus der Expedition, und Itzenplitz tat mir schrecklich leid. Mindestens fünf Minuten sagte sie kein Wort, sondern schnüffelte nur kummervoll vor sich hin, so zerschmettert war sie.

Aber wie dem auch sein mochte, wie tief auch die Aussichten auf Gratifikation stehen und wie düster unser Weihnachtsausblick auch sein mochte – am 13. Dezember schneite es in diesem Jahr zum ersten Mal. Es war ein richtiger trockener Kälteschnee, der auf gefrorenen Boden fiel und da liegen blieb, und wir hielten es natürlich nicht aus, sondern liefen los in Frost und Gestöber.

Gott, die kleine, olle, langweilige, geduckte Kleinstadt –! Die Gaslaternen brannten im Schneegestöber für gar nichts, und in unserer Vorstadtstraße liefen die Leute wie blasse Schemen einher. Aber dann kamen wir in die Breite Straße, und alles war strahlend hell von den vielen Schaufenstern. Und die ersten Weihnachtskerzen (olle elektrische) brannten, und wir lehnten mit den Köpfen gegen die Scheiben und diskutierten dies und zeigten uns das. »Sieh mal, das wäre grade für uns richtig!« (Siebenundneunzig Prozent der ausgestellten Sachen waren grade für uns richtig.)

Und dann war da das alte gute Feinkostgeschäft von Harland, und eine Welle von Leichtsinn hob uns, und wir gingen hinein und kauften ein halbes Pfund Haselnüsse, ein halbes Pfund Walnüsse, ein halbes Pfund Paranüsse. »Nur damit es ein bisschen weihnachtlich wird bei uns. Nussknacker brauchen wir nicht, wir knacken zwischen der Tür.« Und dann kamen wir zu der Buchhandlung von Ranft, und siehe, da war etwas Herrliches: »Buddenbrooks« für zwei Mark fünfundachtzig ... »Und, sieh mal, Itzenplitz, die haben sicher bisher zwölf Mark gekostet und jetzt zwei Mark fünfundachtzig, das sind doch bar gespart neun Mark fünfzehn ... Und es muss doch was an Inseraten zu Weihnachten einkommen!« Und wir kauften die »Buddenbrooks« und kamen zum Kaufhaus von Hänel und gingen hinein, bloß um mal zu sehen, was für Mutter und Tutti und Hänschen in Frage käme, und wir kauften für Mutter ein Paar schwarze, sehr warme Handschuhe (fünf Mark fünfzig) und für Tutti einen Ball, phantastisch groß, für eine Mark und für Hänschen einen Roller (eine Mark fünfundneunzig). Und noch immer trug die Woge und hob uns, und noch sehe ich Itzenplitz unter dem Gewimmel von Käuferinnen vor einem Spiegel stehen und den kleinen weißen Kragen auf ihrem Mantel probieren, mit so einem ernsten, glücklichen Gesicht (welch glücklicher Ernst!) –: »Und etwas schenkst du mir ja doch zu Weihnachten, nicht wahr, Mummimännchen, und später ist vielleicht der Kragen nicht mehr da – ist er nicht süß?«

Es schneite noch immer, als wir nach Haus wanderten, wir gingen dicht eingehängt, ihre Hand in der Ulstertasche bei meiner, und richtig wie richtige Weihnachtskäu-

fer waren wir mit Paketen behängt. Und waren unglaub-
lich glücklich, und die Inserate würden schon kommen ...

Aber während zu Haus Itzenplitz Bratkartoffeln zum
Abendessen fertigmachte, packte ich, der ich ein ordent-
licher, beinah pedantischer Mann bin, die Pakete aus
und legte die Einkäufe zusammen, und dann steckte ich
das ganze Einwickelpapier in unseren kleinen Kochofen,
genannt Brüllerich, und er brüllte auf und prasselte. Wir
waren so glücklich beschwingt über unsere Bratkartoffeln, und plötzlich sprang Itzenplitz auf und rief: »Sei
nicht bös, Mumm, ich muss und muss mal schnell den
kleinen süßen Kragen anprobieren!«

Ich gewährte es, aber – wo war der Kragen? Und wir
suchten, nein, nein ... »O Gott, du hast ihn sicher mit
dem Einwickelpapier verbrannt!« – »So blöd werd ich
sein, Kragen zu verbrennen, gar nicht mitgebracht hast
du ihn ...« Und sie riss den Ofen auf und starrte in die
Glut, starrte, starrte (»er war so süß«), ich aber raste los
und drang in das geschlossene Kaufhaus und ängstigte
müde Verkäuferinnen beim Zusammenpacken um ein
verschwundenes Paket und ging langsam, langsam wieder nach Haus ... Und bedrückt und still schlichen wir
umeinander herum, bis es Schlafengehzeit war ...

Aber immer wieder wird es Morgen, man wacht auf,
und noch liegt der Schnee, blinkend und strahlend unter
dem klaren Winterhimmel. Und ein Kragen ist nicht die
Welt –: »Warte nur, wie viel Kragen wir uns noch in un-

serm Leben kaufen können ...« – »Wir sind die Richtigen, haben's ja dazu, mit Kragen für drei Mark zu heizen –!«

Doch es war nun der Vierzehnte, und zwei mal sieben ist zweimal meine Glückszahl, und ob ich nun besonders früh auf die Zeitung kam oder ob die olle Lenzen verschlafen hatte, jedenfalls spukte sie da noch rum bei ihrer Reinmacherei, unsere olle Lenzen, ein Reibeisen, mit einem Gesicht wie ein Reibeisen, die neun Kinder großgezogen hatte, unfassbar wie, aber alle taten nicht gut und ließen lieber ihre olle Mutter für sich arbeiten, als dass sie einen Finger krumm machten.

Und die olle Lenzen erzählte mir krächzend und spuckend, wie sie bei Hesses im Schokoladengeschäft – da machte sie auch rein – einen großen Weihnachtsmann aus Schokolade geschenkt bekommen hatte ... »Bald 'nen halben Meter hoch, war ja man bloß hohl, aber was hätten meine Enkelkinder für 'nen Spaß gehabt! Und ich stell ihn auf das Vertiko und hab all die Tage meine Freude dran, und wie ich ihn heute beim Staubwischen anfasse, da hat doch das Aas, die Friedel, meine Jüngste, die jetzt in die Spinnerei geht, der verfressene Balg, hat sie doch von hinten den ganzen Weihnachtsmann aufgefressen, nur noch das bisschen Vorderseite ist da ... Hatte 'ne Vase hintergestellt, dass er bloß nicht umfällt ...« Sie krächzte, schnaubte, röchelte gradezu vor Wut. »Aber warte, wenn ich von Heber meine zwanzig Mark zu

Weihnachten kriege, nicht einen Pfennig kriegt sie ab, und wenn sie mir das ganze Weihnachtsfest rumtückscht, dass sie nicht zu Tanz gehen kann ...«

Wozu ich bemerkte, dass es dies Jahr mit den Heber'schen Gratifikationen wohl Essig sein würde. Aber die olle Lenzen ..., ein Pulverfass, wie sie spuckte und spie! »Dem werde ich es zeigen, dem Jammerknochen, dem elenden! Der soll von mir noch was zu hören bekommen! Zu Weihnachten kein Geld? Ach, hauen Sie doch bloß ab, Herr Mumm! Glauben Sie, der Olle kippt einen Klaren weniger wegen der schlechten Geschäfte? So blau! Aber immer auf die kleinen Leute! Der soll was hören!«

Und Heber bekam zu hören. Da stand sie, die Lenzen, grauslig anzuschauen, zerschlissen, verschabt, verrunzelt, und sie gab an ... Der Lärm zog sogar Preßbold aus seiner Höhle, und seltsam, dieser selbe Preßbold, der mich schnöde im Stich gelassen hatte, jetzt, da die Lenzen loslegte, gab auch er Töne von sich, sachte Begleitmusik: »Richtig finde ich es ja auch grade nicht, Heber ...« Und: »Da hat Frau Lenz ganz recht ...«

Bis Heber, kalkweiß vor Wut, ausbrach: »Raus hier alle aus meiner Expedition! Bewillige ich die Gratifikationen –? Verrückt seid ihr alle, meschugge! Aber warten Sie, Mumm, Sie sind der Stänker, Mumm ...« Ich wartete nicht. Wieder ein Angriff abgeschlagen. Trübe Aussichten ...

Mein Bericht aber über unser erstes Weihnachten wäre nicht vollständig, wenn nicht Kinder darin vorkämen. Sprachen Itzenplitz und ich von unsern früheren Weihnachtsfesten, so waren es die Feste unserer Kinderzeit, die lebendig wurden. Später gingen sie ineinander über, wie damals hatten nie wieder die Tannenbäume gestrahlt – und ich konnte Itzenplitz noch alles erzählen, wie es gewesen war, als ich das Puppentheater bekam und dann, zwei Weihnachten später, die Bleifiguren zum Robinson Crusoe …

»Richtig schön ist es nur mit Kindern. Ein bisschen allein wird es ja sein bei uns …« Und Itzenplitz sah langsam um sich, sah in die Winkel, wo die dunklen Schatten standen …

Und dann bekamen wir doch noch ein Kind, kurz vor Weihnachten. Es war der 18. Dezember, aus dem Schnee war Schmutz geworden, grausige, alles durchdringende Nässe, trübe, zähe Nebel, Tage, die nicht hell wurden. An einem dieser Nachmittage, die nicht Tag und nicht Nacht waren, hatte es vor unserer Zimmertür geklagt und geweint, fast wie ein kleines Kind, und als Itzenplitz die Tür aufgemacht hatte, da kauerte dort etwas, halbtot vor Nässe und Kälte: eine Katze, eine junge, grauweiße Katze.

Ich bekam unsern Gast erst ein paar Stunden später zu sehen, als ich nach Haus kam von der Werbung, er sah schon ein bisschen trocken aus und glatter, aber auch da war es kein Zweifel, dass dieses kleine, grauweiße Biest mit einem schwarzen Fleck über das halbe Gesicht eine richtige hundskommune Straßenkatze war … »Hule-Mule«, sagte Itzenplitz. »Unsere Hule-Mule …«

Ja, da war nichts dagegen zu sagen, diese Nacht würde sie noch in der Sofaecke schlafen, und morgen würde Itzenplitz sehen, dass sie beim Kaufmann eine alte Margarinekiste bekam und Flicken darein für Hule-Mule (obwohl in einem so jungen Haushalt selbst Flicken knapp sind) – nun, und so hatten wir jedenfalls ein Kind und würden nicht ganz, ganz allein sein.

In dieser Nacht aber wachte ich auf, es musste spät sein, aber das Elektrische brannte, und am Sofa stand eine weiße Gestalt im Nachthemd, stockstill. »Itzenplitz«, rief ich. »Komm doch, du erkältest dich ja …« Sie machte nur eine abwehrende Bewegung, und nach einer Weile stand auch ich auf und trat neben sie.

»Sieh doch«, flüsterte sie. »Sieh doch!« Das Kätzchen war wach geworden. Es strich mit den Vorderpfoten den Kopf entlang, dann streckte es eine rosige Zunge aus und gähnte. Es dehnte sich. Itzenplitz sah atemlos zu. Mit zwei Fingern kraulte sie die Katze leise unterm Kopf.

»Hule-Mule«, flüsterte sie. »*Unsere* Hule-Mule …«

Sie sah mich an.

So was vergisst sich nicht. Eigentlich hatte ich mein Weihnachten schon weg und Ostern, Pfingsten und alle großen Festtage dazu. »Unsere Hule-Mule!«

Und aus dem Achtzehnten wurde der Neunzehnte, und die Tage gingen weiter, und das Geld blieb knapp, und das Annoncengeschäft hielt nicht, was es versprach, und die Aussichten waren düster. Am Zweiundzwanzigsten abends fing Itzenplitz zu bohren an, ob Heber sich denn gar nichts merken ließe und ob ich denn nicht einmal mit dem Großen Häuptling selber sprechen wollte, und es wäre doch keine Art, und es müsste einem doch Bescheid gesagt werden ...

Am Dreiundzwanzigsten strich ich um Heber herum wie ein Bräutigam um seine junge Braut, aber er ließ sich nichts merken und war so knochig und fischig wie je. Und am Dreiundzwanzigsten abends hatten Itzenplitz und ich unsern ersten richtigen Krach, weil ich nichts gesagt hatte, und außerdem hatte Hule-Mule aus einem Alpenveilchen, unserm einzigen Alpenveilchen, das uns Frau Preßbold geschenkt hatte, alle Blütenstiele rausgezogen, und außerdem hatte Störtebeker den Tannenbaumfuß noch immer nicht abgeliefert, sondern Itzenplitz wieder mal auf »morgen« vertröstet.

Morgen brach an, der 24. Dezember, Weihnachtstag, und sah aus wie ein ganz gewöhnlicher, diesiger, grauer Wintertag, nicht warm und nicht kalt. Um zehn ging Heber zum Chef, und ich hab gesessen und auf seine Rückkehr gelauert, hab einen Kohl über den Weihnachtsfilm, der im Olympia-Kino lief, geschrieben, der war nicht von schlechten Eltern. Heber kam wieder und sah knochig und fischig aus wie eh und je und setzte sich an seinen Platz und rief brummig zu mir rüber: »Mumm, Sie müssen gleich zu Betten-Ladewig gehen. Der behauptet, er hat nur 'ne Viertelseite aufgegeben und Sie haben 'ne halbe geschrieben. Immer machen Sie so 'nen Mist ...«

Und während ich durch die Straßen trabte, dachte ich immer nur: Arme Itzenplitz ..., arme Itzenplitz ... Ich war innen ganz zusammengefallen, fünf Mark hatten wir noch im Haus, aber richtig, richtig hatte ich nie an eine Gratifikation geglaubt. Wenn man was ganz nötig braucht, kriegt man es nie.

Bei Ladewig hatte natürlich ich recht, es fiel ihm wieder ein, und er war so anständig, es zuzugeben. Und ich schlich langsam zurück auf die Zeitung und sagte es Heber, und der meinte: »Na also, ich sag's ja immer ... So was wollen Geschäftsleute sein. Übrigens da, unterschreiben Sie die Quittung, ich hab den Chef doch wieder mal rumgekriegt ...«

Erst war es wie ein Taumel, einen Augenblick war mir richtig schwarz vor den Augen. Und dann wurde alles hell, strahlend hell, und am liebsten hätte ich den ollen Kabeljau rechts und links abgeknutscht. Und dann griff ich nach dem Fünfzigmarkschein und schrie: »Eine Sekunde, Herr Heber ...« und raste, wie ich ging und stand, den Schein in der Pfote, die Breite Straße runter in die Neuhäuser Straße über den Kirchplatz, über den

Reepschlägergang in die Stadtrat-Hempel-Straße und stürmte die Treppe hinauf und brach wie ein Hurrikan in unsere Bude und knallte den Schein auf den Tisch und schrie: »Schreib auf, was wir kaufen, Itzenplitz! Hol mich um zwei ab!« Und küsste sie und wirbelte sie rum und war schon wieder unten und wieder auf der Zeitung, und dieser Spiegelkarpfen von einem Heber hatte sich doch wahrhaftig noch nicht von seiner Verblüffung erholt und mümmelte nur ganz kümmerlich vor sich hin: »So doof wie Sie möchte ich nur mal 'ne Stunde am Sonntag sein, Mumm!«

Aber als es zwei wurde und Heber gegangen war, kam sie. Dies aber war der Zettel, unser Weihnachtsbesorgungszettel, unser endgültiger, den sie mir zu lesen gab:

1. Fürs Essen:

1 Ente	5.00	
Rotkohl	0.50	
Äpfel	0.60	
Nüsse	2.00	
Feigen, Datteln, Rosinen	3.00	
Sonstiges	<u>5.00</u>	16.10

2. Für den Baum:

Unser Baum	1.00	
12 Kerzen	0.60	
Kerzenhalter	0.75	
Lametta	0.50	
Wunderkerzen	<u>0.25</u>	3.10

3. Für Hule-Mule:

1 Eimer frischer Sand	0.25	
1 Bückling	<u>0.15</u>	0.40

4. Für Mumm:

Handschuhe	4.00	
Zigaretten	2.00	
1 Oberhemd	4.00	
1 Schlips	2.00	
Noch was	<u>2.00</u>	14.00

5. Für Itzenplitz:

1 Lotterielos	1.00	
1 Schere	2.50	
1 Kragen	3.00	
1 Schal	6.00	
Haarschneiden und Frisieren	<u>2.00</u>	<u>14.50</u>

Unser Weihnachten: <u>48.10</u>

»Hör mal zu«, begann Itzenplitz im Eilzugstempo, denn um vier war Hebers Mittagspause vorbei, und bis dahin musste alles besorgt sein. »Hör mal zu. Es ist ja schrecklich viel Geld für die Fresserei, aber die Ente langt mindestens vier Tage, und es ist ja nur einmal Weihnachten. Für meine Näherei muss ich jetzt endlich 'ne richtige Schere haben, mit der Nagelschere, das geht nicht länger. Und die Preise werden alle so ziemlich stimmen, und bis zum Ersten behalten wir grade sieben Mark übrig, für jeden Tag eine Mark, und damit kommen wir gut aus. Wunderkerzen muss ich am Baum haben, weißt du, die so zischen und prasseln, und ich kann wirklich nichts dafür, dass ich fünfzig Pfennig besser weggekommen bin als du, ich könnte ja auf das Los verzichten, aber man muss doch auch nach Weihnachten auf was hoffen, wenn wir auch sicher nichts gewinnen …«

»Was ist ›noch was‹ –?«, unterbrach ich ihren Redestrom.

»Oh, Mummimännchen, dass ich noch 'ne ganze kleine, klitzekleine Überraschung für dich habe!«

»Ich will auch zwei Mark für ›noch was‹ haben«, erklärte ich drohend.

»O Gott, da bleiben uns nur fünf Mark übrig, und wenn der Gasmann kommt, und ich schneide zwei Mark fünfzig besser ab als du! Und es ist wirklich nicht nötig, ich bin ja soo glücklich über unser Weihnachten!«

»Ich will aber«, beharrte ich.

Und dann ging Itzenplitz und holte die olle Lenzen, und die versprach, bis vier mich stellzuvertreten – und eine einladende Stellvertreterin war sie. Aber wer sollte schon am Vierundzwanzigsten nachmittags auf die Zeitung kommen?

Wir aber rasten los, und natürlich stimmten alle Preise nicht, sondern mein Oberhemd kostete sieben, und dafür ließen wir den Schlips fallen und drückten die Handschuhe um eine Mark. Itzenplitz aber fand einen herrlichen Schal, rot und weiß und blau, aus so 'nem gefältelten Seidenstoff für vier Mark fünfzig. Und den gleichen Kragen wie den verbrannten bekamen wir auch! Die Ente aber aus dem alten guten Feinkostgeschäft von Harland wog vierzweizehntel Pfund und kostete fünf Mark fünfundvierzig, was war das aber auch für eine Ente!

Natürlich reichte die Zeit nicht bis vier, aber wir verabredeten, dass ich jetzt rasch, rasch auf die Zeitung sollte, damit der Heber nichts merkte, und um halb fünf sollte ich mir Feierabend erbitten. Bis dahin aber wollte Itzenplitz sich Haare schneiden und frisieren lassen, und dann wollten wir gemeinsam den Rest unserer Einkäufe besorgen.

Fünf Minuten vor vier war ich auf der Zeitung, und siehe, die olle Lenzen hatte einem Brautpaar eine Verlobungsanzeige für neun Mark achtzig abgenommen (alles konnte die Frau), und als Heber kam, ruhte ich nicht, bis er mir meine achtundneunzig Pfennig Tantieme ausbezahlt hatte. Und er war ganz fassungslos, dass ich schon wieder Geld brauchte, wo ich doch grade meine Gratifikation bekommen hatte, aber ich muss sagen, schließlich war er richtig weihnachtlich großzügig und gab mir eine ganze Mark.

Gleich nach halb fünf hatte ich wirklich Feierabend und raste in die Steinmetzstraße, und richtig war der gute Unger wirklich zu Haus, der vor drei Wochen seine Verlobung aufgelöst und sich seine Brautgeschenke hatte zurückgeben lassen. Und wir wurden handelseins, und ich kaufte von ihm die süße dünne Goldkette mit dem Aquamarinanhänger: drei Mark Anzahlung (zwei Mark »noch was« plus eine Mark Verlobungstantieme) und fünfzehn Wochenraten zu einer Mark ab 1. Januar.

Aber wenn ich gedacht hatte, dass Itzenplitz schon wartend vor der Friseurtür stehen würde, so war das nicht so. Alle Mädchen und Frauen schienen sich ausgerechnet heute frisieren zu lassen. Aber dann war ich, trotz meiner kalten Füße, nicht böse, als sie da vor mir mit ihren Locken und Löckchen und Ringelchen auftauchte, und wir stürzten uns wieder in den Strudel der Weihnachtseinkäufe, an meiner Brust aber lag der Aquamarin.

Dann waren wir zu Haus, es war schon lange dunkel, und ich kriegte den Eimer zu fassen und raste los ins Baugeschäft nach Sand, und schön knurrig war der Platzverwalter, dass ich da noch mit so 'nem dicken Auftrag auf Katzensand um drei Viertel sieben angetrudelt kam. Zu Haus aber fand ich Itzenplitz in heller Verzweiflung. Störtebeker hatte sich noch immer nicht mit seinem Tannenbaumfuß gemeldet, aber zu Haus war er, wir hörten ihn rascheln.

Hand in Hand schlichen wir über den dunklen Vorplatz und klopften an seine Tür, hörten, wie er sich im Bett hin und her schmiss, hörten schnarchen, machten leise die Tür auf: In einer Pulle steckte eine Flackerkerze, und mit einer andern, halb geleerten Pulle war der Klaus Störtebeker eingepennt. Wir hatten ja schreckliche Angst vor ihm, aber wir schlichen doch wie die Indianer in die Kammer und suchten nach dem Fuß. Es war nicht viel zu suchen, und der Fuß war eben noch immer nicht da. Grade aber war Itzenplitz dabei, mit echt weiblicher Hartnäckigkeit eine Schublade aufzuziehen, da krächzte es vom Bett her: »Na, ihr jungen Lauser … Tannenbaumfuß? Morgen bestimmt!« Und schlief schon wieder.

Fünf Minuten vor sieben raste ich stadtwärts, und im Eisengeschäft von Günther waren Tannenbaumfüße ausverkauft, und bei Mamlock rasselte vor meiner Nase die eiserne Rolljalousie runter.

Zehn Minuten nach sieben trat ich wieder daheim an, ohne Tannenbaumfuß, und da stand unser Bäumchen in einem Sandeimer, in einem Hule-Mule-Katzensandeimer, herrlich drapiert mit einem weißen Tischtuch – stand unser Weihnachtsbaum, strahlte und funkelte.

Schönes, herrliches Weihnachtsfest – und die olle Itzenplitz fing doch wahrhaftig an zu heulen über den Aquamarinanhänger. »So was Schönes hab ich nun freilich nicht für dich.« Und das Feuerzeug war doch wirklich gut. Dann aber standen wir und sahen uns an, wie »unsere Hule-Mule« mit Knacken und Zerren ihren Bückling verdrückte, und leise sagte Itzenplitz: »Im nächsten Jahr brauchen wir keine Hule-Mule.«

Eine Weihnachtsfreude *

»Mensch, Fallada, was machen Sie denn eigentlich?«

Wir wurden der Frau des Verlegers vorgestellt, und zu vieren strebten wir nun dem Kampener Bahnhof zu. Ich stand stark unter dem Eindruck, dass die Verlegerin nicht grade gnädigen Auges auf diese so plötzlich aufgetauchten literarischen Bekanntschaften ihres Mannes schaute, die selbst für Kampen ein wenig schäbig gekleidet waren. (O Kashakleid, geliebtes!) So fiel mein Bericht etwas eilig und dürftig aus.

»Aber das ist doch nichts für Sie!«, rief der alte Menschenkenner, der auch Ungesagtes zu hören verstand. »In so einem Kaff rumlaufen und Abonnenten werben! Sie müssen nach Berlin, Mensch!«

Ich tauschte mit der Suse einen eiligen, aufglühenden Blick. Dann bemerkte ich, dass ich kaum aufs Blaue hinaus nach Berlin ziehen könne … die Arbeitslosigkeit … ohne die geringste Reserve …

Jetzt warf er einen abschätzenden Blick auf uns beide. »Was würden Sie in Berlin als Minimum zum Leben gebrauchen?«, fragte er.

Wieder ein rascher Blicktausch mit Suse. »Das müssten wir uns erst ausrechnen. Dürfen wir es Ihnen schreiben?«

»Schön, schreiben Sie mir das möglichst bald. Ich besorge Ihnen dann eine Stellung, abgemacht!«

»Aber denken Sie bitte daran, dass ich sechs Wochen vor dem Quartalsersten kündigen muss!«

»Natürlich, natürlich! Wird gemacht! Verlassen Sie sich nur auf mich! Und nun Hals- und Beinbruch!«

Schon in der Bahn fingen wir beide zu rechnen an. Wir rechneten noch, als wir in Altholm waren. In der Wohnung rechneten wir weiter, und bis in den Traum hinein verfolgten uns Zahlenkolonnen unter den Titeln: Inventar – Wäsche – Brot – Fleisch – Gemüse – Kolonialwaren – Licht – Fahrgeld ... Es war gar nicht so einfach. Schon war uns klar geworden, daß die Hule-Mule nicht unser einziges Kind bleiben würde. Im nächsten Frühjahr ...

Das komplizierte die Rechnung außerordentlich, wir würden *zwei* möblierte Zimmer brauchen. Was kosteten in Berlin zwei möblierte Zimmer? Wir setzten den Mietspreis auf hundert Mark fest und kamen endlich auf ein Bruttogehalt von zweihundertfünfzig Mark. Es schien uns eine unverschämte Forderung, aber billiger war es nicht zu machen. Wir mussten ja so viel anschaffen, besonders auch für das Baby – wir hatten rein nichts! Mit Zittern und Zagen setzte ich die Zahl 250 in meinen

Brief, mit Bangen steckten wir ihn in den Kasten – und nun warteten wir auf die Antwort. Wir warteten eine Woche, zwei Wochen, wir warteten auch länger. Am 15. August hätten wir auf den 1. Oktober kündigen müssen, aber ich wagte es nicht: Berlin schwieg. Weiter rannte ich auf der Jagd durch die Straßen Altholms, und nach den Tagen überwältigenden Hoffens überfiel mich die schwärzeste Verzweiflung.

Der Oktober ging vorüber, grau und nass empfing uns der November, immer grauer wurde meine Stimmung. Manchmal horchte ich drauf hin, wenn Suse bei ihrer Arbeit sang. Sie hoffte immer noch, die Arme! Es gab gar nichts mehr zu hoffen, weiter hieß es durch die Straßen Altholms zu traben, auf der Jagd nach den immer seltener werdenden Abonnenten. In Kürze würde unsere Zeitung dahinsterben – und was dann? Ich kann es auf meinen Eid nehmen, dass ich in diesen Monaten kein sehr fröhlicher junger Ehemann war. Suse lernte es gleich von Anfang an kennen, was trübe Stimmungen waren.

Der 15. November, der Kündigungstermin auf den 1. Januar, nahte. Ich entschloss mich zu einem zweiten Brief, den ich hinter Suses Rücken absandte. Dieser Brief war schon beweglicher gehalten, auch erniedrigte ich meine Gehaltsforderung auf zweihundert Mark. *Ein* Zimmer tat es schließlich auch – trotz Baby.

Neues Warten – und nichts erfolgte! Langsam verblassten unsere einst so goldenen Hoffnungen. Meine Stimmung wurde wieder besser. Ich musste mich eben mit meinem Schicksal abfinden. Auch in Altholm ließ es sich leben. Wenn die Zeitung einging, würde sich schon etwas anderes finden.

Dann, am 23. Dezember, als wir überhaupt nicht mehr an Berlin dachten, kam ein Brief in grünem Umschlag, auf grünem Papier. Es kam *der* Brief. Kurz und bündig: ab 1. 1. hätte ich eine Stellung für zweihundertfünfzig Mark in Berlin, am 2. Januar hätte ich mich um acht Uhr morgens auf dem Verlag zu melden.

Suse und ich, wir waren wie mit der Keule erschlagen! Da war das Glück, die große Chance, die hundertfach ersehnte, auf die wir längst nicht mehr zu hoffen gewagt hatten – und wir hatten nicht gekündigt! Eine gute Woche nur noch bis zum Antrittstermin!

»Ach!«, sagte Suse. »Sie werden dich hier schon gehen lassen. Erzähle ihnen nur alles, sie werden deinem Glück schon nicht im Wege stehen!«

»Hätte er nur sechs Wochen früher geschrieben!«, stöhnte ich.

»Er hat uns eben eine Weihnachtsfreude machen wollen«, meinte Suse.

»Natürlich, aber ...«

Später lernte ich, dass mein Verleger nicht im geringsten an Weihnachtsfreude gedacht hatte. Vielmehr hatte er die Einrichtung des Komposthaufens: alle Dinge, die er nicht gleich erledigen konnte oder wollte, kamen auf einen ständig wachsenden Haufen und lagerten dort ab. »Sie haben keine Ahnnung«, sagte er mir später oft, »wie viel Sachen sich durch bloßes Lagern von selbst erledigen! Mein Komposthaufen ist eine wunderbare Einrichtung!«

Nahte aber irgendein verlegerischer Urlaub (in diesem Fall ein längerer Weihnachtsurlaub), so trat des Verlegers Sekretärin in Tätigkeit. Schon seit Jahrzehnten war sie bei ihm. Im Verlage hieß sie nur Anita, die Holzkuh, und sie war stolz auf diesen Namen. Mit unerschütterlicher Ruhe ertrug sie das ganze Jahr hindurch alle Temperamentsschwankungen ihres Chefs. Und ebenso unerbittlich hielt sie ihn zur Erfüllung seiner Pflichten an. Vor jedem Urlaub musste der Komposthaufen abgetragen werden, da half ihm gar nichts. Anita war von zähem Holz.

Vor diesem Urlaub hatten auch meine beiden Briefe im Komposthaufen gelegen. Letzten Endes verdanke ich also die Änderung meiner Lebensumstände und meinen Wiedereintritt in die deutsche Literatur Anita, der Holzkuh …

Ich ging also meinen schweren Gang zu dem derzeitigen Altholmer Brötchengeber. Schließlich konnte der Gang so schwer nicht sein. Der Mann hatte mir oft genug versichert, dass ich der überflüssigste Mensch unter der Sonne sei und dass er keine Ahnung habe, warum er mir eigentlich mein Gehalt zahle. Aber nun hörte ich es natürlich ganz anders, ich hatte schon das Richtige geahnt. Plötzlich war ich vollkommen unersetzlich. Jawohl, ich konnte gehen, aber erst nach ordnungsmäßiger Kündigung, am 1. April. Oder ich besorgte einen Stellvertreter, einen Ersatzmann, zu den gleichen Bedingungen, unter denen ich gearbeitet hatte, mit meinen plötzlich so ausgezeichneten Fähigkeiten …

Nun, nachdem ich Ängste genug ausgestanden hatte, gab er mich frei. Schließlich war er doch nicht ›so‹, Suse hatte es richtig geahnt, er wollte meinem Glück nicht im Wege sein. Am letzten Dezember, am Silvestertag, trafen wir in Berlin ein, mit sehr wenig Geld und mit zwei Handkoffern. Den letzten Tag des alten und den ersten des neuen Jahres verbrachten wir auf der Zimmersuche. Sie erwies sich als erstaunlich schwierig. Sobald eine Vermieterin – und leider waren es alles Frauen – meiner lebhaft gerundeten Frau ansichtig wurde, waren die Verhandlungen schon am Ende. Wir wurden nicht einmal zur Besichtigung der Räumlichkeiten zugelassen. Kindergeschrei? Windelwäsche? Danke bestens – nicht für uns!

Schließlich – Suse konnte schon keine Treppen mehr steigen – fanden wir zwei alte Leutchen in der Gegend von Alt-Moabit, die entweder keinen Blick für den Zustand meiner Frau oder gegen Kinder nichts einzuwenden hatten, wahrscheinlich weil sie selbst nie Kinder gehabt hatten. Es waren sogar zwei Zimmer, anständige große Räume; die Brandmauer des Hauses zeigte gegen den Bahnhof Bellevue, noch heute ist sie mit einer Reklame für »Kupferberg Gold« bemalt.

Noch heute, wenn ich auf dieser Strecke fahre, betrachte ich nachdenklich diese Malerei. Hinter »Gold« haben wir über ein Jahr gehaust, aber das war auch das einzige Gold, das wir in diesem Jahr zu sehen kriegten. Denn die beiden Zimmer kosteten einhundertvierzig Mark im Monat, und netto bekam ich etwa zweihundertzwanzig Mark. Achtzig Mark blieben uns fürs Leben. Wir haben es ja irgendwie geschafft, wir haben sogar noch die Aussteuer für das Baby gekauft, aber wie wir das fertiggebracht haben, ist mir heute noch ein Rätsel. Ich weiß nur, dass wir immerzu rechneten und dass ein fehlender Groschen zu langen Diskussionen führte.

Am 2. Januar war ich natürlich pünktlich um acht Uhr auf dem Verlag; wenn wir privatim schwerste Sorgen hatten, dort sollte man nichts davon merken! Noch hatte ich keine Ahnung von der Art der Arbeit, die mich erwartete, ich wusste nicht einmal, ob ich auf dem Verlag selbst arbeiten sollte.

Vor Weihnachen wird Lügen Pflicht*

[An Tanta Adelaide Ditzen]

Am 22. Dezember 1929

Liebe Tante Ada,

Deine beiden Neumünsteraner Kinder möchten Dir
doch auch zum Weihnachtsfeste die besten, herzlichsten
Wünsche senden. Wir denken viel an Dich, ich erzähle
Suse so oft von Dir, und wir freuen uns so sehr, dass
Du so eifrigen Anteil an unserm Ergehen nimmst.

Ich bin eben bei Suse in der Küche gewesen und
habe sie auf Herz und Nieren gefragt, ob nicht doch
vielleicht ein Paket von Dir gekommen ist. Sie hat es
bisher Stein und Bein geleugnet. (Vor Weihnachten wird
Lügen Pflicht.) Also, liebe Tante Ada, wir wissen noch
nicht, was drin ist, aber wir danken Dir von Herzen,
dass Du an uns gedacht hast, wir freuen uns sehr. [...]

Deine

Rudolf und Suse

Der parfümierte Tannenbaum

Weihnachten war gekommen und war vorübergegangen. Es war ein stilles, kleines Weihnachten gewesen, mit einer Tanne im Topf, einem Selbstbinder, einem Oberhemd und ein Paar Gamaschen für den Jungen, mit einem Umstandsgürtel und einer Flasche Eau de Cologne für Lämmchen.

»Ich will nicht, dass du einen Hängebauch bekommst«, hatte der Junge erklärt. »Ich will meine hübsche Frau behalten.«

»Im nächsten Jahr sieht der Murkel schon den Baum«, hatte Lämmchen gesagt.

Im Übrigen hatte es stark gerochen, und die Flasche Eau de Cologne war schon am Weihnachtsabend alle geworden.

Wenn man arm ist, kompliziert sich alles. Lämmchen hatte sich das ausgedacht mit der Tanne im Topf, sie wollte sie weiterziehen, im Frühjahr umtopfen. Im nächsten Jahr sollte sie der Murkel sehen, und so sollte sie immer größer, immer strahlender, im Wettwachsen gleichsam mit dem Murkel, von Weihnachtsfest zu

Weihnachtsfest wandern, ihre erste und einzige Tanne. Sollte.

Vor dem Fest hatte Lämmchen die Tanne auf das Kinodach gestellt. Weiß der Himmel, wie die Katze dahin fand, Lämmchen hatte nie gewusst, dass es hier überhaupt Katzen gab. Aber es gab welche, Lämmchen fand ihre Spur auf der Erde des Topfes, als sie den Baum schmücken wollte, die Spur roch stark. Lämmchen beseitigte, was zu beseitigen war, sie scheuerte und wusch und konnte doch nicht hindern, dass der Junge, kaum war der offizielle Teil der Feier mit Kuss und In-die-Augen-Schauen und Geschenke-Besehen vorüber – sie konnte nicht hindern, dass der Junge sagte: »Du, das riecht hier aber sehr merkwürdig!«

Lämmchen berichtete, der Junge lachte und sagte: »Nichts einfacher!« Er öffnete die Eau-de-Cologne-Flasche und spritzte etwas auf den Topf.

Ach, er spritzte noch oft diesen Abend, die Katze ließ sich betäuben, aber dann erwachte sie immer wieder siegreich zu neuem Leben, die Flasche wurde leer, die Katze stank. Schließlich setzten sie noch am Heiligen Abend den Baum vor die Tür. Es war nicht dagegen aufzukommen.

Und am ersten Feiertag, ganz früh, ging Pinneberg los und stahl im Kleinen Tiergarten ein Häuflein Gartenerde. Sie topften die Tanne um. Aber erstens stank sie auch dann noch, und zweitens mussten sie feststellen, dass es keine in einem Topf gezogene Tanne war, sondern ein Dings, dem der Gärtner alle Wurzeln abgehauen hatte, um sie in den Topf zu kriegen. Ein Blender auf vierzehn Tage.

»Solche wie wir«, sagte Pinneberg und war in der Stimmung, das ganz richtig zu finden, »fallen eben immer rein.«

»Na, nicht immer«, hatte Lämmchen gesagt.

»Bitte?«

»Zum Beispiel, als ich dich gekriegt habe.«

Im Übrigen war der Dezember ein guter Monat, trotz des Weihnachtsfestes wurde der Etat des Hauses Pinneberg nicht überschritten. Sie waren selig wie die Schneekönige. »Wir können es also auch! Siehst du! Trotz Weihnachten.«

Und sie machten Pläne, was sie in den nächsten Monaten mit all ihren Ersparnissen machen wollten.

Süße Weihnachtswünsche*

[An die Schwester Margarete Bechert]

Am 28. Dezember 1932

Liebe Dete,

herzlichen Dank für Deine süßen Weihnachtswünsche, die mir die Erinnerung an die Ditzen'schen braunen Kuchen wiederbrachten – das Rezept ist in diesem Zweig der Familie verloren gegangen, der Hamburger ›Klöben‹ ist an seine Stelle getreten. Aber vor allem hat es uns gefreut, mal wieder etwas ausführlicher von Euch zu hören, es ist ja nun bald schon ganz magisch, was ich schon für große Nichten und Neffen habe – und weiß nichts, und kenne nichts, und ahne nichts. Schön wär's, wenn Du im Februar Dein Vorhaben, uns hier [bei Berkenbrück] einmal zu besuchen, wahr machen könntest, aber auf eine Tagesreise musst Du Dich schon richten, und wir hoffen nur, dass es nicht unsere Februarreise, die Suse und den Jungen nach Hamburg, mich nach Braunschweig und Hamburg führen soll, kollidieren wird. Nun, Du wirst ja noch rechtzeitig vorher schreiben. Aber schön ist es hier draußen bei uns, zu jeder Jahreszeit.

Dem Jungen geht es ganz glänzend, er ist nun schon mächtig groß, erzählt sehr viel, wird schon sehr vernünftig und kommt in das Alter, wo er ›alles versteht‹. Der Weihnachtsmann hat es ein bisschen gar zu gut mit ihm gemeint, er ist so überreich beschenkt, dass er sich aus all seinen neuen Spielsachen noch gar nicht recht rausfinden kann. Und das Schönste bleiben eben doch noch immer die Dampfer vor unserm Fenster, die da lautlos vorüberziehen, wir wohnen doch in einem ganz stillen, waldigen Spreetal, fern aller Zivilisation, selbst Berkenbrück mit seinen 500 Einwohnern ist noch 20 Minuten ab.

Suse […] ist besonders froh über unser Draußensein hier und freut sich auf Frühjahr und Garten, jetzt noch viel mehr, seit ich in der vorigen Woche den ganzen großen Garten (über drei Morgen gleich 8000 qm) mit etwa 70 Obstbäumen und ungezähltem Beerenobst, mit Rasen und Büschen und Bäumen und Wiesen und Wasser und Kiefernkuscheln und Sandspielplatz auf 3 Jahre zugepachtet habe. Wir sehen uns schon vor den ungeheursten Obsternten und halten uns als Apfellieferanten bestens empfohlen.

Ich selbst mache so gewissermaßen Jahresinventur, arbeite alles, alles auf, um am 1. 1. den Rücken frei zu haben, und dann hinein in das neue Opus! Das alte, der »Kleine Mann«, hat sich wacker gehalten, 35 000 sind bestimmt weg, vielleicht sind's gar 40 geworden, die letzten Zahlen fehlen noch.

Liebe Dete, alles Gute Euch allen zum Neuen Jahr, herzlichen Dank, und vielleicht sehen wir uns dann wirklich wieder?

Dein
[Rudolf]

Und sogar Suse tanzte *

[An die Schwester Elisabeth Hörig und Schwager Heinz]

Carwitz, am 28. Dezember 1938
Post Feldberg/Meckl.

Liebe Ibeth, lieber Heinz,

so, nun wäre das Fest vorbei, die Geschenktische sind schon abgeräumt, die Bücher – teilweise – eingeordnet, zum andern Teil aus dem Wege gestopft, und das alte Leben kann beginnen. Was wie immer in der Zeit vor Neujahr dem Aufräumen und Aufarbeiten gewidmet ist, damit ich am ersten Tage des Neuen Jahres schuldenfrei etwas arbeiten kann. Diesmal kommt nun mein kleiner großer heiterer Roman [»Kleiner Mann, großer Mann – alles vertauscht«] ... Ich freue mich darauf, und nur leise verdüstert sich meine Stirne, wenn ich daran denke, was ich noch alles in jeder Hinsicht für das liebe Finanzamt zu erledigen habe ...

Übrigens war das Fest wirklich reizend. Nur die Oma aus Hamburg war als Gast hier, wir waren also ganz unter uns. Die Kinder, von denen Mücke zur Bescherung zum ersten Male aufstehen durfte, waren ganz reizend, mit großen, strahlenden Augen, und restlos glücklich.

Weihnachten 1938 in Carwitz, mit Oma Issel aus Hamburg

(Uli baut sehr intelligent mit dem Märklin! Das war das Richtige!) Die Mädchen ganz glücklich, besonders unsere Friedel, die sich immer mehr aufschließt und immer tüchtiger wird. Onkel Räder gehalten zufrieden, würdig und ein wenig verlegen. Dann gab es, nach dem Abendessen, bei schlafenden Kindern, ein wenig Sekt, nur so viel, dass jeder grade in Stimmung kam, Tanzplatten wurden gespielt, und sogar Suse tanzte, und sogar die alte Oma, und sogar der verlegene Onkel Räder mit der Chefin, und nur ich nicht. Aber das war grade nett! Also nicht Weihnachten nach Ditzen'schem alten Stil, aber ein sehr befriedigendes Weihnachten!

Suse hat einen wirklich wundervollen Aquamarinanhänger bekommen, ein auserlesenes Stück. Es passt herrlich zu ihr. Ist aber nur bei Paradegelegenheiten zu tragen. Und ich Bücher über Bücher. Ich habe sie nicht gezählt, es waren aber etwa 130 Stück. Vor allem deutsche Gesamtausgaben. Von Suse. Und dann [hat] der Direktor Kilpper aus Stuttgart mir vieles aus seinem Verlage verehrt, und dann ein Berliner Verleger, der auch nach mir angelt, vieles aus dem seinen. Und überhaupt … Und dann die Beethovenplatten, die wir langsam kennen lernen, der zweite und dritte Satz scheint uns besonders schön?

Liebe Ibeth, Du hast uns wie immer doch eine große Freude gemacht. Dein Friedrichstädter Bild ist großartig, und wir nehmen es gerne als glückliche Vorbedeutung für 1939. Und wie gesagt, Uli ist glücklich mit seinem Märklin, und Mückchen freut sich sehr über ihr Bilderbuch. Und das Hochzeitscarmen ist wirklich reizend und kräftig, ich nahm es zu den Familienerinnerungen. […]

Alles Gute zum Neuen Jahre, die herzlichsten Grüße, vielen Dank

Eure

Carwitzer

Wir hoffen, dass beide Pakete gut eingetroffen sind. Sagt Mutti bitte, dass ich ihr am Neujahrstage oder kurz danach noch einmal ganz kurz schreiben werde.

Weihnachts-Schlachte-Gruß *

[An die Schwester Margarete Bechert]

Carwitz, am 13. Dezember 1939
Post Feldberg/Meckl.

Liebe Dete,

schönen Dank für Deinen langen Brief! Da wir aber grade das Schlachten hinter uns haben und da wir am Freitag eine Fuhre mit nicht weniger als 19 Paketen und Päckchen nach Feldberg senden, musst Du uns schon erlauben, Dein Verbot zu übertreten, und Euch wenigstens diesen kleinen Weihnachts-Schlachte-Gruß zu übersenden. Viel ist es doch nicht, und wenn alle Deine Kinder um den Tisch sitzen, wird es kaum zu einem Abendessen reichen! Also bitte keine Revanche-gelüste! Aber ein fröhliches Fest Euch allen, es ist doch schön, dass Ihr wenigstens zusammen feiern könnt.

Bei uns werden schon die Lütten für die nötige Feststimmung sorgen. Die Mücke ist schon voll der schönsten Weihnachtserwartungen, und am Montag fährt Suse nach Berlin, um Uli zu holen und noch ein bisschen ihre Einkäufe zu ergänzen. Träume aber nicht davon, dass es etwa in Berlin besonders viel gäbe. Das denkt man immer von den andern Orten, aber es ist überall wohl dasselbe. Suse hat noch ein bisschen ›Freies‹ wie Seidentaft erwischt, im Übrigen haben wir aber unsere Wünsche im Rahmen des Möglichen gehalten. Ich kriege eine fürchterliche Menge neuer Bücher, dann gibt es eine schöne echte Brücke und einen neuen Radio-Apparat – unsere großen Schallplattenwünsche sind leider an der Bestimmung, dass man für jede neue Schallplatte eine alte abliefern muss, gescheitert. Aber auch ohne all dies wird das Fest schon hübsch werden. […]

In der letzten Woche haben wir also geschlachtet, trotzdem es diesmal nur ein Schweinchen gegen sonst zweie war, war es doch wieder eine ziemliche Schlacht. Heute ist nun großer Waschtag, all die blutige Schlachtewäsche wird erledigt. Und dann geht es so richtig mit den Weihnachtsvorbereitungen los! Suse graut noch ein bisschen vor alldem, was sie erledigen muss, während ich hiermit meinen letzten Weihnachtsbrief tippe und außer irgendwelchen gleichgültigen Korrekturen gar keine weitere Fest-Arbeit vorhabe. Es wird also schon alles klappen. […]

Jetzt ist es bei uns tüchtig kalt geworden, was uns noch nicht ganz passt, denn nun haben wir wegen Einfrierens unsere Gartenwasserleitung abstellen müssen und sind auf unsere Hausleitung angewiesen, die seit Erschöpfung des alten und Bohren eines neuen

Brunnens nur stark eisenhaltiges Wasser abgibt. Wir haben zwar mit unendlicher Mühe doch noch vor etwa 6 Wochen (nach halbjähriger Warte- und Kampfzeit) eine Enteisungsanlage bekommen, nachdem uns die Militärverwaltung ›unsere‹ enteignet hatte, aber sie enteist nicht, und der Kampf beginnt jetzt von neuem, während Suse über ihre vergilbende Wäsche stöhnt. Das sind die Leiden eines Hausbesitzers auf dem Lande!

Unser Schweinestall ist schon wieder komplett, drei Ferkelchen sind dort eingezogen, hoffentlich kriegen wir sie auch satt, denn seit dem 1. 12. gibt es auch Futtermittelkarten, d. h. die gibt es noch nicht, sind noch immer nicht ausgegeben, aber ohne Karte gibt es kein Futter. – Auch mit Hühnern sind wir gesegnet, die Guten legen sogar, freilich bleiben sie jetzt im Dezember immer um ein Wochenei hinter dem zurück, was uns auf Karte zustände, aber sie besinnen sich hoffentlich noch, ehe sie alle an der Lebertuberkulose, von der sie befallen sind, dahingerafft werden. Kompliziert ist das Leben geworden! Habt Ihr dort noch Gänse? Ich meine die mit Flügeln, von den andern gibt es viel zu viel. Wobei mir einfällt, dass uns unsere ›Stütze‹ in einer Woche verlässt. Wir mussten sie etwas zu viel stützen, außerdem war sie wirklich magisch doof. Aber zum 1. 1. bekommen wir wieder eine neue, diesmal eine Hertha aus Schlesien! Gebe Gott, der Allmächtige! Also, ich wollte mir noch immer 3 oder 4 oder 5 Gänse kaufen, aber sie sind alle fort, es gibt keine Gänse mehr, weiß der Himmel, welch schleichendes Übel sie dahingerafft hat! Ich wäre direkt froh über eine eigene Gänsezucht gewesen. Jetzt grübele ich darüber, ob ich mir noch eine Karnickelei zulege. Was macht Ihr mit Eurer Einheitsseife? Duftet sie auch so gut? Ich reiche 12 Tage mit meinem Monatsstück! Ich habe schon vorgeschlagen, dass man es aufgibt, entweder die untere oder die obere Hälfte zu waschen! Für was wäret Ihr?

Ich bin jetzt heillos verquatscht, was Ihr wohl schon gemerkt habt. Das machen die vielen Weihnachtsbriefe. Darum nichts schneller als Schluss. Alles Gute Euch, ein vergnügtes Fest wünschen

Eure Carwitzer

Baberbeinchen-Mutti

Als es in den Winter des Jahres 1945 hineinging, war Muttis »Große« grade sechs Jahre geworden. »Sechs«, antwortete die Große, wenn die Leute sie nach ihrem Alter fragten. »Sechs was?«, rief dann die Mutti warnend. »Etwa sechs Kartoffeln?« – Dann kam das »Jahre«, immer noch sehr zögernd.

Leicht lernt sie nicht, sagte sich Frau Irmler manchmal, aber im Übrigen hätte sie nicht gewusst, was sie ohne die Große hätte anfangen sollen, solch eine Hilfe war sie, das Ein und Alles einer völlig alleinstehenden Frau, der durch den Krieg das meiste genommen war: Verwandte, Hab und Gut, und von dem Mann hatte sie auch seit anderthalb Jahren nichts mehr gehört. Da war solch ein warmes, verstehendes Kinderherz alles Glück und aller Halt.

Die Mutti und ihre Große, sie lebten zusammen, sie arbeiteten zusammen, sie froren zusammen, und manchmal hungerten sie auch zusammen. Ganz allein hausten die beiden in einer riesigen Ruine, die einmal ein fünfstöckiges Mietshaus gewesen war, mit zwei Hinterhöfen, in alldem lebte jetzt niemand als sie. Im Hinterhof, im Souterrain, hatten sie ein Zimmer noch ziemlich heil gefunden, mit einer kleinen Küche, das war ihr Lebensraum, die letzte Zuflucht, auf die sich die viermal Ausgebombten zurückgezogen hatten, mit den spärlichen Resten der eigenen Habe, mit dem halb Zerstörten, das sich dazu gefunden hatte. Die Insel zweier Herzen, die nur noch füreinander lebten.

Als der Herbst immer ersichtlicher zum Winter wurde, als die Dunkelheit immer früher einfiel, als der Wind gegen Abend wilder und wilder tobte und die unheimlichen Geräusche der riesigen Ruine mit Türenschlagen, Knarren, Schuttgeriesel, kreischendem Blech sich verhundertfachten – da war das kleine Zimmer mit ein wenig Licht und ein wenig Wärme, mit der Sechsjährigen und der Achtundzwanzigjährigen eine Zelle des Glaubens und der Geduld, des Hoffens und der Liebe.

Es fielen nun schon lange keine Bomben mehr, und doch verdunkelten die beiden weiter, sie wollten nicht, dass ein nach außen dringender Lichtstrahl Fremde lockte, nur beieinander wollten sie sein. Und das waren sie auch: Die Mutter nähte für einen Schneider in der Berliner Straße, und die Große schälte währenddes langsam, langsam Kartoffeln für den nächsten Tag oder wusch ab oder fegte vor dem Eisenöfchen oder machte einfach ein neues Puppenröckchen, halb genäht und halb gesteckt, wie sie's eben konnte.

Wenn es ganz kalt wurde, krochen die beiden ins Bett, und an einem Abend, da die Füße der Großen gar nicht wieder warm werden wollten, erzählte die Mutti von ihrem Daheim und von ihrer Mutter und von ihren eigenen kalten Füßen, damals, als sie noch Kind gewesen war. Die Mutti war noch groß geworden auf dem Lande, wo es Kühe und Hühner, Wälder und Felder gibt, und an einem Wintertag war sie mit dem Vater im Wald gewesen, um Holz zu holen. Als sie am Abend nach Haus gekommen war, hatten die Füße gar nicht wieder warm werden wollen, und es hatte gebrannt in ihnen und gezwickt und gerissen. Die Mutti hatte als Kind nicht leicht geweint, so wie auch ihre Große jetzt nicht leicht weinte, aber an diesem Tage hatten die Schmerzen ihr das Wasser in die Augen getrieben, so unerträglich waren sie.

Da hatte ihre Mutter gefragt: »Was ist denn mit deinen Füßen, Tochter, wollen dann die Baberbeinchen gar nicht warm werden?« Und als die Tochter darauf noch immer nicht lächeln konnte, hatte die Mutter vorne das Kleid geöffnet und hatte sich die eiskalten Füße auf den bloßen warmen Leib gesetzt. So hatten sie sich gegenüber gesessen, Mutter und Tochter, und keine fünf Minuten, da waren die Baberbeinchen warm und die Schmerzen vergangen.

So war das damals gewesen, so hatte es die Mutti erzählt, und »Baberbeinchen« hatte die Große wiederholt, »Baberbeinchen« mit der Liebe, die alle Kinder für solche zärtlich-liebevollen Benennungen haben. Es war ein Erlebnis von vielen Erlebnissen, das die Mutti erzählt hatte, es gab viel Zeit zum Erzählen in diesen Wintertagen 1945, weil sie es oft nicht warm hatten und darum früh ins Bett gingen. Diese Geschichte aber hatte gehaftet von vielen, sie war leichter behalten worden von der Großen als die »Jahre«, die man unbedingt außer der »Sechs« angeben musste, sonst dachten ja die Leute, man war sechs Kartoffeln alt.

Also mit dem Herzen gehört und im Herzen behalten, und dann kam der große Schneefall, und wie alle Kinder freute sich die Große über den Schnee und spielte mit ihm und begleitete an diesem Tage die Mutti nicht auf ihren Einkäufen. Aber dann, als die Mutti zurückkam, und der Schnee wurde schon – wie immer in Berlin – zu Matsch, dann ging die Mutti schnell und ein bisschen blass an den kleinen Eisenofen, legte noch etwas auf (sie hatte sich grade am Abend zuvor eine Art Briketts aus nassem Zeitungspapier zurechtgemacht), und als der Ofen ein wenig Wärme ausstrahlte, zog sie Schuh und Strümpfe aus und hielt die Füße gegen den Ofen.

»Frieren dir die Füße, Mutti?«, fragte die Große. Die Mutter lächelte nur. »Die Baberbeinchen …«, sagte die Große gedankenvoll. Und dann nicht ohne Vorwurf: »Aber du hättest dir auch deine Lederschuhe anziehen müssen, Mutti, bei solchem Schnee!«

»Große!«, antwortete die Mutti nur vorwurfsvoll.

»Na ja«, sagte die Große überlegen. »Solches Wetter und dann deine Sommerschuhe, nur eine dünne Sohle und ein paar Bändchen über den Fuß.«

»Große!«, wiederholte die Mutti mit mehr Nachdruck.

»Na ja …«, wollte die Große wieder anfangen. Aber dann fiel ihr ein, dass ja Muttis einzige Lederschuhe schon manche Woche beim Schuster waren und dass die Mutti nur noch diese leichten Sommerschuhe besaß, die vor nichts schützten. Mit den dünnen Strümpfen lief die Mutti durch den eisigen und immer matschiger werdenden Schnee.

»Ach, meine arme Baberbeinchen-Mutti!«, rief die Große und drückte den Kopf fest gegen die Mutter. Dann drohend: »Morgen gehen wir aber zum Schuster!«

Die Mutti blickte zweifelnd, als verspräche sie sich nicht viel von dem Weg, aber die Große erinnerte: »Er hat es dir doch fest versprochen, und du hast ihm Mehl und Zucker dafür gegeben!« (Sie hatte es nicht vergessen, dass sie sich dieses Mehl und den Zucker sauer genug abgespart hatten.)

Aber die Mutti behielt mit ihrem Zweifel recht: Der Schuster war besten Willens und voll Bedauern, aber er hatte eben kein Schnitzelchen Leder. »Ich würde sie Ihnen ja gleich machen, Frau Irmler, man hält auch gerne sein Wort, aber wo ich doch kein bisschen Leder bekomme, nun schon ein Jahr nicht! Bringen Sie mir doch ein

Stückchen Leder, einen Gürtel oder am besten ein Soldatenkoppel – ich mache Ihnen sofort Sohlen daraus!«

Die Große hatte mit weit offenen dunklen Augen den Meister bei seinen Beteuerungen angesehen, und am liebsten hätte sie dem Schuster wohl bedeutet, das hätte er der Mutti sagen müssen, ehe er Mehl und Zucker nahm.

Aber sie hatte geschwiegen, vielleicht in der Hoffnung, dass die Mutti doch zu Haus noch ein Stück Leder fand. »Aber wo soll denn etwas sein, Große?«, hatte die Mutti auf deren Drängen zu Haus gefragt. »Du weißt doch, wir haben gar nichts. Und ein Lederkoppel – ach, du lieber Gott, wo sollen wir das denn hernehmen? Das schenkt uns keiner, und der Papa ist auch schon so lange fort.«

Die letzten Worte schlossen der Großen den Mund, und schweigend sah sie zu, wie die Mutti die dünnen Strümpfe zum Trocknen aufhing. Sie schwieg überhaupt viel diese Tage, drei, dann nur noch zwei Wochen vor dem Weihnachtsfest – obwohl die Mutti in dieser Zeit immer mehr zu einer Baberbeinchen-Mutti wurde. Denn es kam noch mehr Schnee und stärkerer Frost, und dann eines Tages kam ganz plötzlich Tauwetter – und alles wurde zu Glatteis und Matsch.

Die Große ging neben der Mutter und sah die braunen Strümpfe schon nach wenigen Minuten schwarz werden vor Nässe, und die schwarzen Flecke breiteten sich aus über den Fuß, und es war so kalt, und die Wege waren so lang, und oft gab es keine Feuerung im Haus. Die Mutter fühlte die Blicke des Kindes stets auf ihren Füßen, es tat ihr fast leid, dass sie der Großen die Geschichte von den Baberbeinchen erzählt hatte. Sie begriff, dass sich das Kind mit all der Ausschließlichkeit, die Kinder besitzen, auf die Sache gestürzt hatte, dass sie aus der überlegenen Mutti ganz zu einer bemitleidenswürdigen Baberbeinchen-Mutti geworden war.

Das Kind redete kaum, aber sein Blick war so dunkel vom Grübeln geworden. Nicht nur über den ungetreuen Schuster grübelte es, sondern es sah auch immer den andern Leuten auf die Füße, und kam ein schöner, heiler, fast neuer Schuh gegangen, so warf es einen forschenden Blick auf das Gesicht der Trägerin. Da aber kein Gesicht ihm so schön und gut wie das der Mutti erschien, so war es kein Wunder, dass es nicht nur mit der Trägerin des Schuhs, sondern mit der ganzen Welt haderte, die schlecht eingerichtet war, weil solch eine Mutti immer eiskalte, nasse Füße hatte und andere, die wie nichts aussahen, hatten viel.

Ja, wieso hatten sie überhaupt so wenig? Die Mutti tat nie einem was und arbeitete immer, und die andern, die gingen spazieren, und ihnen wurde noch und noch gegeben. Zu früh, viel zu früh, dachte die Mutti und konnte doch nichts ändern.

Ach, wie gerne hätte sie es jetzt vermieden, hinauszugehen auf die Straße, schon wenn sie nur zu den Schuhen griff, lag der stille, nichts mehr fragende Blick ihres Kindes auf ihr. Aber sie musste ja hinaus, Arbeit fortbringen, Lebensmittel einholen, immer wieder Baberbeinchen-Mutti werden, jeden Tag zweimal.

Wie schrecklich, dachte die Mutti, wenn ein Kind aufwächst und weiß schon, es ist weniger als die andern. So denkt es sich doch meine Große zurecht. Ich habe gewusst, es gab größere Bauern als den Vater im Dorf, aber darum waren wir nicht weniger. – Sie denkt, wir sind weniger!

So gingen die Tage. Gottlob, es waren auch Tage darunter, da die Füße trocken blieben, Tage mit einem leichten Frost. Und unter ihnen war der Tag – er neigte sich schon in den Abend –, da es sachte gegen ihre Tür klopfte, gegen die Tür im Hinterhof der völlig verlassenen Ruine – das war der Tag vor Weihnachten. Im Dämmern stand da ein Mann, und da ihr Herz stark zu klopfen anfing, immer stärker, und es sie würgte in der Kehle, fragte der Mann: » Ist das hier richtig bei Frau Irmler?«

Sie konnte nicht sprechen, sondern eine Hand auf dem Herzen, eine als Stütze am Türrahmen, nahe dem Umsinken, verharrte sie schweigend.

Leise fragte er: »Bist du das, Trude? Ich bin wieder da ...«

Lange sah die Große auf den Mann mit dem blassen,

unrasierten Gesicht, mit den riesengroßen Augen. Sie wusste, es war der langersehnte Vater, der heimgekehrte, sie hatte zu ihm »Papa« zu sagen, er war der Held von Hunderten von Muttis Geschichten. Aber sie erinnerte sich kaum noch, anderthalb Jahre, die er fort gewesen war, bedeuteten ein Viertel ihres ganzen Lebens. Dann gingen ihre Augen zu seinen Schuhen, er hatte noch ganz erträgliche Stiefel, sie wusste sogar, dass die Soldaten so was Knobelbecher nennen. Worauf ihr Blick den Kleiderhaken streifte, wo der etwas lumpige Mantel hing und die Mütze. Baberbeinchen-Mutti …, dachte sie wieder einmal.

Eine Viertelstunde später erst merkte die Mutter, dass ihre Große verschwunden war aus der Küche, vom Hof. Draußen war es doch schon ganz dunkel. Sie war sehr in Unruhe, so etwas hatte ihre Große doch noch nie getan! Überhaupt war das Kind in letzter Zeit so verändert, man konnte nicht genug auf es achten. Wohin sollte es überhaupt gegangen sein? Hier im Haus wohnte niemand, und sie hatten doch nichts mehr an Freunden und Verwandten! Suchen ja, aber wo? Trotzdem musste man sie suchen, bei den Kaufleuten, auf einer Stelle, wo sie heute früh noch Holz gefunden hatten – überall.

Die Eltern zogen sich an. Er stand zweifelnd vor dem Kleiderhaken.

»Nun, wo fehlt es noch? Wir wollen schnell los. Ich bin so unruhig!«

»Ich dachte doch, ich hätte meinen Koppelriemen hierhergehängt«, meinte er zweifelnd.

»Koppelriemen?«, überlegte sie. »Was war doch mit einem Koppelriemen?« Dann fiel es ihr ein. »Ich glaube, ich weiß jetzt, wo die Große ist«, sagte sie, plötzlich ganz ruhig geworden, zu ihrem Mann. »Ich will sie dir zeigen …«

Es passte gut, dass man von der Straße in die Schusterwerkstatt hineinsehen konnte, und da stand die Große wirklich und sah mit ernsten Augen auf die arbeitenden Meisterhände hinab.

»Ich glaube, wir warten besser nicht«, meinte die Mutter. »Sie wird nicht fortgehen, ehe die Arbeit fertig ist.«

Sie verstand ihre Große. Sie hatte geschwiegen damals, aber sie war nicht gesonnen, noch einmal diesem treulosen Manne zu vertrauen. Mehl und Zucker waren dahin, aber der Koppelriemen sollte nicht auch dahingehen. Sie blieb, bis die Sohle fertig, bis das letzte Stück verarbeitet war.

Die Eltern saßen längst wieder in der Stube, spät erst hörten sie die Tochter in der Küche rascheln. »Wir tun am besten, als hätten wir ihr Fortsein gar nicht gemerkt«, flüsterte die Mutter eilig.

Gewiss, sie taten viel Unpädagogisches in diesen Tagen. Der Vater tat, als habe er nie ein Lederkoppel besessen, es wurden auch keine Einwendungen dagegen erhoben, dass die sechsjährige Tochter aus eigenem Ermessen über einen dem Vater gehörigen Gegenstand verfügt hatte, als die frisch besohlten Schuhe als größte Weihnachtsüberraschung erschienen waren. Gewiss, pädagogisch war vieles einzuwenden.

Und doch, es war alles gut, wie es gekommen war. Jetzt konnte die Mutti sich von ihrer Großen gut anfassen und »Baberbeinchen-Mutti« nennen lassen, es gab kein krankhaftes Mitleid mehr dabei und kein Gefühl, als seien sie weniger als andere. Die Welt war wieder heil geworden durch einen Militärkoppelriemen, der friedlichen Zwecken zugeführt worden war.

»Wie alt bist du eigentlich, meine Große?«, fragte der Vater.

»Sechs!«, antwortete das Kind.

»Sechs was –?«, rief die Mutter mahnend. »Sechs paar Schuhe wohl?«

»Sechs Jahre, Baberbeinchen-Mutti!«, antwortete nun die Große zögernd. Es blieb dabei, dieses Kind verstand und lernte ungemein schwer.

Weihnachten der Pechvögel

Ich möcht wirklich gern mal wissen, wie das bei andern Leuten mit ihren Festtagen und besonders mit Weihnachten ist, ob da alles wirklich immer klappt? Natürlich tun wir stets so, als sei auch bei uns alles in Ordnung, aber ich hab noch kein Weihnachtsfest erlebt, wo's glattging bei uns. Dass eines von uns zum Fest todsterbenskrank wird, das ist noch 'ne Kleinigkeit, aber was meint ihr zu 'nem Heiligen Abend, wo 'ne halbe Stunde vor der Bescherung uns Einbrecher alle Geschenke einschließlich Baum und Festbraten klauten? Oder ein Fest mit Stubenbrand, Feuerwehr und Wasserschaden? Oder ein bunter Teller, auf den ein von uns nie entdeckter Witzbold zwischen die Süßigkeiten Laxinkonfekt geschmuggelt hatte, und wir mussten die ganzen Festtage laufen, laufen, laufen –?!!

Das kommt natürlich alles daher, dass wir »Pech« heißen; wer Pech heißt, muss Pech haben, sagt Vater immer. Vater hat noch 'ne ganze Menge solcher verschrobenen Redensarten, zum Beispiel sagt er oft, auch wenn alle Leute dabei sind, ganz laut: »Auf mir trampeln se alle egalweg rum!« oder: »Ich bin ja nur ein Wurm!« oder, wenn ihm wer die Hand geben will: »Achtung! Wer Pech anfasst, besudelt sich!«

Ihr macht euch aber ein ganz falsches Bild von Vatern, wenn ihr euch einbildet, Vater ist ein solch demütiger, schleichender Waschlappen; im Gegenteil, Vater ist ein Mann, auf den jeder Junge stolz sein kann, und das bin ich auch! Vater hat sich bloß daran gewöhnt, an das Pech, das uns zustößt und das jeden andern längst zum Selbstmord getrieben hätte, einfach komisch zu nehmen. Ja, manchmal denke ich, Vater mag es gar nicht, wenn irgendwas bei uns so glattgeht wie bei andern Leuten. Da wird er ganz unruhig! Wenn Vater sich morgens rasiert, singt er immer ein selbstgedichtetes und selbstkomponiertes Lied, in dem so 'ne Zeilen vorkommen: »Dem Schicksal meine zottige Brust!« und »Gelobt seist du Pech, du machst mich nur frech! Ich winsele nie, werde kein demütiges Vieh!«

Ich selbst heiße Peter Pech, gehe in die Obertertia und bin wirklich gespannt darauf, ob ich dieses Mal versetzt werde. Voriges Mal bin ich klebengeblieben, aber das lag wirklich weder an meinen Geistesgaben noch an meinem Fleiß, sondern allein an meinem Pech – aber das ist eine ganz andere Geschichte, wie Kipling sagt. Diese Geschichte aber, wie's vorige Weihnachten 1945 bei uns zuging, erzähle ich, der Obertertianer Peter Pech, nur darum, um sie an eine Zeitung zu verkaufen. Ich brauche nämlich Geld, nicht nur so dringend wie immer, sondern diesmal extraextra dringend, weil ich nämlich all meine für Geschenke gesparten Piepen an Vater abgeliefert habe. Davon und von sonstigen milden Gaben der Familie hat er die Gebühren für einen neuen Gasanschluss bezahlt – wir haben nämlich endlich Gas in unsere Hausruine gekriegt, was ja an sich erfreulich ist, aber warum wird so was grade vierzehn Tage vor dem Fest kassiert –?! Aber natürlich: Pech der Pechvögel!

Schon lange vorm Fest bestimmt Vater immer, wer was zu besorgen hat, auf mich fiel 1945 der Tannenbaum mit seinen grünen Blättern. Wir hatten uns natürlich lange überlegt, ob wir überhaupt Weihnachten feiern sollten. Der Zusammenbruch lag uns noch schwer in den Gliedern, und in unserer trauten Ruine fehlte es uns auf vielen Gebieten noch an dem Nötigsten. Aber dann haben wir an unsere Zwillinge gedacht, an Palma und Petta, wie wir unsere beiden sechsjährigen Pechösen, meine Schwestern, nennen – die ohne Weihnachtsmann und Lichterbaum zu lassen wäre zu gemein gewesen!

Ich sollte also einen Baum besorgen. In den Zeitungen stand nun freilich zu lesen, dass es Bäume zu kaufen geben würde ..., zwar nicht für alle ..., aber bestimmt für kinderreiche Familien ..., und zu sechs Geschwistern sind wir ziemlich kinderreich. Aber so ein glatter Weg kommt für Pechens nie in Frage: sich auf so etwas zu verlassen wäre eine Herausforderung des Himmels gewesen!

Viele fuhren ja auch einfach mit der Bahn und organisierten sich 'ne Tanne: bei so was aber wäre ein Pech stets reingefallen. Dasselbe war gegen eine bildschöne Blautanne zu sagen, die hinter einer ausgebombten Villa ziemlich in unserer Nähe stand – mein Herr Bruder, der Quartaner Paul Pech, hatte mich auf dies Bäumchen aufmerksam gemacht. (Übrigens: Vater hat uns Kindern allen Vornamen mit »P« gegeben, er meint, wir machen die Leute am besten gleich auf unser Pe-Pech aufmerksam!)

»Nee, Paule«, habe ich zu meiner brüderlichen Liebe gesagt. »Nich in die Lamäng! Wenn ick – un ick will die Blautanne holen, denn isse bestimmt schon wech, un außerdem schnappen die mir, un immer feste rin ins Loch – nee, is nich! Un drittens, un übahaupt: wat heeßt hier Blautanne?! Sind wa Pechs etwa blaublütich –?! Wie kommen wa zu so wat Feenet?! Fichte, sa' ick dir, schlichte Fichte, aus die se dermaleinstens unser schlichtet Jrabjehäuse zimmern wern; Fichte is Pechens ihre Parole!«

Auf dem Pennal haben wir in unserer Klasse einen bärtigen Knaben gehabt, dessen Vetter, von dem der Vatersbruder, also so was wie 'n Stiefonkel, der ist Förster bei Falkensee in der Drehe. Mit dem Knaben bin ich schnell handelseins geworden; er lieferte mir 'ne Fichte von 3 m 20, und ich lieferte ihm ein halbes Jahr lang alle deutschen Aufsätze, im vorbildlichen Pechstil. Als Liefertermin – denn ich bin ein Pech, das heißt ein vorsichtig-misstrauischer Mensch – war der 1. Dezember vorgesehen. Aber bereits um den 7. herum begriff ich, dass mein Knabe hinreichend langsamen Geistes war, um mir bestenfalls zum 1. Dezember 1946 besagte Fichte zu liefern – seine Gangschaltung war nicht in Ordnung, für diese Zeiten kam der Frühbebartete zu langsam auf Touren.

Musste ich also 'nen andern Lieferanten finden, und allmählich, das heißt so am 8. Dezember, wurde es ja auch an der Zeit. Zu meinen Ämtern gehörte es auch, Bier aus unserer Eckkneipe zu holen, wenn Pechens sich gerade mal Bier spendierten. So 'ne Eckkneipe ist heutzutage ein komischer Ort – aber welchem Berliner muss ich das erst noch weitläufig deklarieren?! Kurz, durch die Eckkneipe ergab sich die Möglichkeit, einen Tannenbaum zu erwerben.

Unsere Wirtin Qualle (von wegen ihrer Wabbligkeit so getauft) machte mich mit einem biederen Greis bekannt, einem Alten, Besitzer sowohl eines graugelbweißen Schnauzbartes als auch eines Dauer-Nasen-Tropfens, der immer zu drippen drohte und doch nie fiel. Der Alte besaß, wie Qualle gehört haben wollte, in Buchholz ein Baugrundstück, auf dem er …, aber lassen wir den ehrlichen Alten selber sprechen!

»Weeßte, junger Mann«, sprach der Greis und funkelte diamanten unter der Nase, »weeßte, ick ha' da noch an de Stücker een Dutzend Christbäume stehen. Ick broochte dir nicht, aba ick ha't int Kreuze, ick kann mir nicht bücken. Daderdrum, vastehste?! Du machst Stücker viere ab und schleppst se bei Muttan, und daderfor sollste eenen von die viere kriejen, ohne Spesen!«

»Ick wer meenen Bruder Paule mitnehmen!«, sagte ich.

»Nischt!«, antwortete der weißgelbgraue Schnauz. »Nischt wie Beil un Büjelsäje. Nee, Säje, kannste ooch sparen, Beil jenügt. Un knöpp et dir untan Überzieha, sonst latschen uns jleich sechse nach, un ick bin meene Bäume los!«

»Ick wert Beil in 'ne Aktentasche tun«, schlug ich vor. »Aber Paule könnte trajen helfen!«

»Nischt!«, sprach der trutzige Greis von altem Schrot und Korn. »Nur wa zwee beede. Sonst nischt. Um sechse früh uff en Sonntag bei die Pankower Kirche!«

»Um sechse is doch noch dunkel!«

»Nischt! Eh wa raus sind, ist helle!«

Am Sonntag hat mich der Biedere versetzt und sich am Dienstag, als ich ihn glücklich in der Eckkneipe erwischte, mit Reißmatüchtich entschuldigt. Er konnte erst wieder am kommenden Sonntag – und das war verdammt knapp von wegen direkt drohendem Fest. Zu Haus haben mich sämtliche Pechvögel schon verastet, Paulus verstärkte, wie er sagte, seine Pupille auf die Blautanne, Mutter jammerte ein bisschen wegen der Festfreude von Palma und Petta, und Vater sagte: »Auf uns trampeln se eben alle rum!«

Aber am Sonntag, der kam, fuhren wir wirklich mit

der 49 nach Buchholz raus, der Schnauz hatte mich nicht versetzt diesmal. Nasentröpfchen rauchte aus einer halblangen Porzellanpiepe, auf deren Kopf Seine Majestät der Kaiser noch in Kürassieruniform residierte, gewaltige Wolken stinkenden Eigenbaus blasend, als wir, es wurde grade dämmrig, durch Buchholzens Kleingärten marschierten. Erst kam Kolonie Ertragreich, ihr folgte Kolonie Parkheim. Dann gingen wir um viele Ecken, ich war ganz verbiestert.

Schließlich hielt der rüstig fürbass Schreitende inne. Es war ein mächtig feines Grundstück, groß, mit alten Bäumen und viel Gebüsch und einem durablen Drahtzaun rum. Ich fragte: »Und das Grundstück gehört Ihnen. Das muss ja ein paar Hunderttausend wert sein!«

»Nischt!«, antwortete er wieder einmal. »Meenem Sohn seine Frau. Aba ick ha' de Vawaltung!«

Er kramte in seinen Taschen nach dem Schlüssel und rauchte dabei wie eine Enttrümmerungslokomotive. Er kramte ziemlich länglich.

»Na –?«, fragte ich schließlich.

»Nischt!«, antwortete er und gab's auf. Er nannte mich und mein Schicksal beim Namen, ohne es zu wissen. »Pech!«, nannte er's. »Ich ha' den Schlüssel noch uffen Tisch jepackt. Un nu doch vajessen! Hilft nischt! Müssen wa noch mal raus! Nächsten Freitag kann ick!«

Ich war maßlos enttäuscht. »Freitag is ville zu spät! Können wa nich jleich heut noch ma?!«

»Nischt! Vaabredung!«

»Aber ich muss endlich einen Baum kriegen! Ich hab mich fest auf Sie verlassen!« (Vor Verzweiflung sprach ich richtig Deutsch!)

»Un ick valass dir nich! Freitag. Pankower Kirche. Sechse!«

»Das ist zu spät!«, rief ich wieder. Ich dachte an die Zwillinge Petta und Palma, auch an den Flachs von Paul, Pamela, Petra und Vater. »Ach was!«, rief ich. »Helfen Sie mir rüber! Ich schaff es schon!«

»Wenn de meenst du schaffst det!«

Ich kletterte schon am Zaun hoch, mit einem Fuß stand ich auf der Klinke. Es ging – ich kam ganz glatt auf die Erde.

»Reichen Sie mir mal die Aktentasche rüber! – Wo stehen die Bäume denn?«

»Imma de Neese lang, Hauptwech runter! Denn rechts ab, bis de det Glasdach vont Jewächshaus sehen tust. Denn links – da stehn se. Nimm de vier besten; ick wart denn hier!«

Ich gehe los; einmal habe ich mich auch verbiestert, aber dann habe ich doch hingefunden – es wurde jetzt langsam hell. Die vier besten habe ich nicht nehmen können, die waren für die Elektrische viel zu groß; ich habe die vier kleinsten genommen, die waren auch noch schön genug. Überhaupt war's eigentlich schade darum, sie waren wie 'ne richtige Mauer um eine Bank rum gepflanzt, hoffentlich war die Schwiegertochter von dem Alten wirklich mit dem Abhauen einverstanden. Aber das war nicht meine Sache.

Also, ich hab sie abgehauen und bin grade dabei, die Zweige mit Bindfaden, den ich mir eingesteckt hatte, ein bisschen zusammenzubinden, da krieg ich einen Schlag ins Genick, dass mir schwarz vor den Augen wird und ich glatt auf meine Fichten fliege. Ich rappel mich gleich wieder, stehe auf, da kriege ich einen Schwinger, dass ich wieder zur Erde muss – sie hätten mich auszählen können. Schließlich war ich so weit, dass ich die beiden Kerle wütend anschreien konnte: »Lasst das mal gefälligst! Ich hab Erlaubnis!«

»So!«, sagte einer in einer grünen Joppe. »Erlaubnis –? Von wem haste denn die Erlaubnis, Sehnchen?«

»Von dem –« Fällt mir doch ein, dass ich von dem Alten nicht mal den Namen weiß. »Na – von dem Schwiegervater der Besitzerin doch!«

»Ach nee?«, grinst nun der andere in braunen Manchesterhosen. »Schwiegervater von der Besitzerin – gibt's so was auch? Wer ist denn das?«

»Namen weiß ich keinen«, sag ich immer noch wütend und steh auf. Mein Gesicht brannte wie Feuer. »Aber Sie müssen den Alten doch kennen! Hat 'ne Porzellanpfeife mit dem Kaiser drauf und immer einen Tropfen an der Nase!«

Der Manchesterne will was sagen, aber der Grüne

lässt ihn nicht zu Worte kommen, sondern fragt: »Wo haste denn den Schwiegervater mit dem Nasentroppen?«

Ich beschrieb ihnen genau, wo er stehen musste.

Die Joppe sagte: »Hol dir noch Ernst und Willi zu und sieh, dass du den Alten fängst – wenn's den überhaupt gibt. Mit dem Sehnchen hier werde ich schon allein fertig.« Der Manchesterne zog ab, und die Joppe sagte: »Sehnchen, das werden teure Weihnachtsbäume! Da kommste ohne Kittchen nich von ab!«

Bei den Worten wurde mir erst klar, in welch verdammter Mausefalle ich steckte. Ich dachte an Vater, an das Pennal – über die Familie würde ich Schande bringen, und auf dem Pennal würde man mich schassen! Ich überlegte rasch: Ich hatte nichts bei mir, was mich verraten konnte (damals gab's die Kennkarten noch nicht). Wenn ich ihnen meinen Namen nicht nannte, wenn ich unter dem Namen Schmidt oder Schulze meine Strafe abbrummte, würden die Eltern sich schreckliche Sorgen machen, aber mehr als zwei Wochen konnte ich auch im Höchstfalle eigentlich nicht kriegen, und dann waren Ehre und Schulbesuch gerettet. Ich durfte nur meinen pechösen Pechnamen nie verraten.

Während ich so überlegte, habe ich meine Kleider so einigermaßen wieder in Ordnung gebracht, und mein Bewacher sagt nun: »Na, denn nimm die Bäume und kommt mit!«

Ich tat, wie er gesagt hatte. Wir mussten nur um ein

paar struppig-dichte Gebüsche herumgehen, da standen wir schon vor einer Gebäudegruppe. »Großgärtnerei und Baumschulen Hoppe & Co.«, las ich. Nur ein vollendeter Trottel wie der alte »Nischt« konnte auf die Idee kommen, so in nächster Nähe von bewohnten Gebäuden auf die Tannenbaumernte zu gehen, die mussten den Klang meines Beiles in ihren Stuben gehört haben! Aber, fiel mir ein, so ein vollendeter Trottel war der Alte gar nicht, der lief, da ich nichts von ihm wusste, nicht das geringste Risiko: Wenn ich was brachte, war's gut; fiel ich aber rein, fiel ich allein rein!

Auf dem Hof der Gärtnerei, von dem auch der Hauptausgang zur Straße war, standen an ein Dutzend Leute, auch Frauen darunter, und sie schienen nicht übel Lust zu haben, mir noch eine kräftige Abreibung zu verpassen, als ich meine Tannenbäume ablud. Aber mein Begleiter hinderte sie daran. Ich wurde in ein Büro gebracht und dort von zwei jungen Gärtnergehilfen bewacht, während mein Begleiter den Chef wecken ging. Unterdes kam die Manchesterhose mit Willi und Ernst zurück; wie ich schon gefürchtet hatte, war Nasentröpfchen verschwunden. Ich beschwor sie, rasch einen Radfahrer zur Endhaltestelle der 49 zu schicken – aber sie glaubten mir kein Wort mehr von dem Alten. Das war der große Unbekannte, auf den sich anscheinend alle Verbrecher rausreden.

Dann kam der Chef; er hatte ein nettes, offenes Gesicht, aber jetzt war er sehr ärgerlich: Ich hatte den Lieblingsplatz seiner Frau grausam geschändet. Sie fingen an, mich zu vernehmen, später kam jemand von der Polizeiwache und vernahm mich auch. Aber eigentlich war nichts zu vernehmen. Ich gab an, Hans Schmidt zu heißen, in der und der Straße zu wohnen und den Alten in einer Kneipe, an die ich mich nicht erinnerte, kennengelernt zu haben. Ich hatte mit gutem Gewissen die Tannenbäume holen wollen. Das war alles, was ich zu wissen vorgab, und nach drei Stunden Vernehmung waren sie noch nicht weiter: Ich kann auch mächtig dickköpfig sein!

So schafften sie mich denn auf die Wache und vernahmen mich dort mit dem gleichen Misserfolg weiter. Am Abend war ich im Hauptpolizeigefängnis gelandet, und am nächsten Tage wurde ich von einem richtigen Kriminalbeamten vernommen. Aber der erreichte auch nicht mehr als die andern. Ich dachte immer nur an die Schande, die ich meiner Familie machen würde, und an den Rausschmiss aus der Schule. Dazu hatte ich noch irgendwelche Kriminalromane im Kopf, nach denen es sehr gut möglich war, sich unter einem falschen Namen verurteilen zu lassen und unter einem falschen Namen seine Haftstrafe abzubüßen.

Es dauerte sehr lange, bis ich begriff, dass so was – vielleicht! – woanders möglich ist, aber nicht bei uns. Bei uns würde man mich so lange in Polizeihaft halten, bis sie meinen richtigen Namen raushatten, und wenn das Wochen dauerte! Aber ich war damals begriffsstutzig, es wollte nicht in meinen Kopf rein. Dabei machte mich die Haft und das herannahende Weihnachtsfest immer trübsinniger, ich dachte ständig an die zu Hause, die Todesangst, die sie um mich ausstehen mussten, das völlig verdorbene Fest. Ich war der Pechöseste aller Pechs, noch keinem Pech hatte das Schicksal so mitgespielt wie mir. Ich kam, als es nun wirklich der Tag vom Heiligen Abend geworden war, sogar so weit, dass ich die Heizungsrohre in der Zelle prüfend anschaute und die Schlafdecke, erst mal in Gedanken, in Streifen zerriss; ich spielte mit dem Selbstmord.

Aus diesen düsteren Gedanken wurde ich wieder mal zu meinem Kommissar zur Vernehmung geholt, und wie ich da die Stube betrete, sagt eine geliebte Stimme: »Richtig, Herr Kommissar! Dieser Hans Schmidt ist recte ein Peter Pech – Peter, du Unglücksrabe, komm zu deinem alten Vater!«

Ich bin Vatern in die Arme gestürzt und habe geheult, geheult habe ich! Und mit meinen Tränen habe ich all meine Blindheit und Torheit fortgewaschen, und als ich mein Gesicht endlich wieder abgetrocknet hatte, fing ich zu erzählen an, die Wahrheit, die ganze Wahrheit, nichts als die Wahrheit, von der Eckkneipe, der Qualle, von Nasentröpfchen, dem Besitzer eines Nasentröpfchens, dem Schwiegervater, einem großen Baugrundstück mit altem Parkgrundstück …

»Ja, so wird ein Schuh draus!«, sagte der Kommissar und machte ein zufriedenes Gesicht. »Und hören Sie mal zu, mein Sohn …«

Und dann hielt er mir eine gepfefferte Strafpredigt über all die Mühe und Arbeit und die Kosten, die ich währenddes dem Vater Staat gemacht hatte. Worauf ich mit Vater gehen durfte. Himmel, wie mir zumute war, als ich die Straße betrat, endlich frei! Ich dachte an all die Unglücklichen, für die kein Vater grade zur rechten Stunde am Weihnachtstag einsprang, sie in Fest und Freiheit zu führen, und ich dachte auch daran, wie ich durch meine eigene Dummheit beinahe um all dies gekommen wäre.

Vater sagte mir das auch. Er meinte, grade wenn man ein Pech sei und heiße, habe man die Pflicht, einem widrigen Schicksal entgegenzuwirken und es nicht durch Unbedachtheit und Torheit zu unterstützen. Ich möge gefälligst einmal an die Todesangst denken, die ich der ganzen Familie Pech, der Mutter zuvor, eingejagt hätte; und dass sie auf den Gedanken gekommen wären, den als vermisst gemeldeten Sohn erst einmal unter den Polizeigefangenen zu suchen, das hätte ich allein meinem Bruder Paul zu verdanken, dem grade zur rechten Zeit meine Weihnachtsbaumbesorgung eingefallen sei!

Dass unser Weihnachtsfest 1945 kein voller Erfolg war, kann sich jeder denken. Petta und Palma fanden, dass ein Tannenzweig, mit drei Lichtlein besteckt, kein

Ersatz für einen funkelnden Weihnachtsbaum ist, und wir Großen standen alle noch zu sehr unter dem Eindruck der Angst, die wir in den letzten zwei Wochen ausgestanden hatten. Ich denke, Weihnachten 1946 wird in jeder Hinsicht ein größerer Erfolg werden.

Mir selbst war es gar nicht so unrecht, dass es keinen Weihnachtsbaum gab, ich hätte ihn nicht ohne Selbstvorwürfe ansehen können. In diesem Jahre haben wir, da ich diese Zeilen schreibe, bereits unser Bäumchen – von Pamela besorgt. Es steht, damit die Zwillinge es nicht vor der Zeit sehen, um die Ecke herum auf dem Küchenbalkon, und ich besuche das Fichtchen dann und wann, mein Herz an seinen Anblick zu gewöhnen. Dann denke ich an den Lieblingsplatz von Frau Gärtnereibesitzerin Hoppe, der durch mich seiner geschlossenen Schutz- und Zierwand beraubt ist, und ich schwöre mir wieder einmal zu, mehr Obacht auf die Schlingen zu geben, die das Leben auch dem Redlichen, besonders heute, stellt.

Aber ich hätte – trotz allen mir fehlenden Weihnachtsgeldes – diese kleine Geschichte nicht erzählen dürfen, wenn ich ihr nicht auch in einem andern Punkte einen Abschluss geben könnte. Ja, ich habe im Jahre 1946 an zwei Tagen dem Schulunterricht fernbleiben müssen, wie man sagt, aus Gründen, die nicht gesundheitlicher Natur waren. An einem Tage musste ich wieder mal ins Polizeigefängnis, und dort wurde mir ein alter Schnauz gezeigt –:

»Er ist es!«, rufe ich, denn auch das Nasentröpfchen fehlte nicht, obwohl wir Juni schrieben.

»Nischt!«, sagte Nasentröpfchen gekränkt. »Den jungen Mann kenn ick jar nich! Nie jesehn!«

Und auch als ich auf Wunsch des Kriminalbeamten noch einmal die ganze blamable Geschichte erzählt hatte, blieb er bei seinem »Nischt«.

Das zweite Mal blieb ich dem Unterricht fern im August, um der Verhandlung gegen Nasentröpfchen beizuwohnen. Ich habe dieser Verhandlung von der ersten bis zur letzten Minute gelauscht, soweit dies meine Zeugeneigenschaft zuließ, und ich habe dabei erfahren, welch hässlicher Wolf im Schafspelz dieser Alte war.

Das einzige Mal, dass Nasentröpfchen etwas tat und sagte, was meine Zustimmung fand, war, als der Richter ihn am Schluss der Verhandlung fragte, was er etwa zur Entlastung vorzubringen habe.

»Nischt!«, antwortete Nasentröpfchen.

Lametta, Kugeln und Kerzen*

[An die Mutter Elisabeth Ditzen]

Bln.-Niederschönhausen, 31. 12. 45

Liebe Mutti,

wir nehmen zwar an, dass Ulla [zweite Ehefrau] schon in den ersten Januartagen mit Uli zusammen nach Feldberg und Carwitz fahren wird, um endgültig den Rest unserer Sachen zu holen, aber wir möchten Deinen letzten Weihnachtsbrief doch nicht unbeantwortet lassen. Du hast ihn mit so großer Mühe beim Licht einer Stalllaterne und später im Kindertrubel geschrieben und hast uns ein so anschauliches Bild von dem Feste dort gegeben, dass wir ganz dabei zu sein glaubten. Wenn die Flüchtlinge auch ihre Tränen haben fließen lassen und damit Dein eigenes Herz einen Augenblick wankend gemacht haben, so hat doch die Freude von Achim und Mückchen über alles den Ausschlag gegeben. Trotzdem Du uns nun schon seit Jahren erzählst, dass Du nun wirklich gar nichts mehr hast, was Du verschenken könntest, so hast Du doch wieder für jeden etwas Schönes gefunden, darunter auch für uns. Wir danken Dir sehr herzlich dafür, liebe

Mutti, und einen kleinen süßen Gruß wird Dir Ulla noch nachträglich von uns bringen, damit wir doch nicht ganz mit leeren Händen vor Dir stehen.

Unser Fest ist auch sehr hübsch verlaufen. Einen Weihnachtsbaum hat uns Uli im »eigenen Garten« abgesägt, es war eine sehr krumme Fichte, so krumm, dass Ulla sie mit einem Bindfaden am Fensterriegel verankern musste, damit sie überhaupt stand, aber sie wurde dann so reich mit Lametta und Kugeln geschmückt, und sogar Kerzen fanden sich an, so dass von ihrer Krummheit schließlich nichts mehr zu sehen war. Für jeden hatten sich noch sehr hübsche Geschenke gefunden, Jutta [Stieftochter] hat ganz besonders gut abgeschnitten, denn für sie fand der Weihnachtsmann in Gestalt von Johannes R. Becher noch einen riesigen Kaufmannsladen mit Verkaufstisch und allem Zubehör wie Kasse, Waage etc. in dem Keller einer hiesigen Villa. Vorbesitzer sind wohl irgendwelche SA- oder SS-Kinder, aber das sieht man ja dem Laden nicht an. Uli war und ist ganz reizend, auch sehr hilfsbereit und unternehmungslustig. Anfang Januar wird nun aber auch für ihn der Ernst des Lebens mit Tüchtiglernen anfangen, wie ich das im Einzelnen einrichte, werde ich in den nächsten Tagen noch hören. Wie in Carwitz hat es auch bei uns die Weihnachtsgans gegeben, und schon dadurch haben wir natürlich lebhaft an Euch gedacht und die Spenderin gelobt. Mit dem

Essen sieht es überhaupt bei uns so aus, dass wir keinesfalls klagen müssen, auch das Haus wird immer hüb-
scher, und gefroren haben wir noch nicht, seit wir nach
Niederschönhausen gezogen sind. Allerdings gehen
unsere Kohlenvorräte wieder Mitte dieses Monats zu
Ende, aber daran hat man sich ja schon ganz gewöhnt,
dass man nicht sich um das Morgen den Kopf zerbricht,
wenn man nur heute versorgt ist. Die Lebensmittel-
versorgung in Berlin ist auch gar zu verführerisch eingerichtet. Im Augenblick gibt es zum Beispiel Fleisch
und Wurst für die ersten beiden Januar-Dekaden, und
da wir für die letzten beiden Dezember-Dekaden unser
Fleisch nicht bekommen konnten, essen wir nun unsere
Fleischrationen für vierzig Tage in vier oder fünf Tagen
auf. Die meisten Berliner werden es auch nicht anders
machen. Und mit Fett, Bohnenkaffee etc. ist es auch
nichts anderes. Dieser Wechsel zwischen einem – gemä-
ßigten – Schlemmen und fett- und fleischlosen Suppen
hat ja auch etwas für sich. Vorräte gibt es wohl nir-
gends mehr. Manchmal denke ich an unsern schönen
Keller in Carwitz, aber ich weiß ja, dass es in ihm heute
auch anders aussieht als vor ein paar Jahren.

Arbeitsmäßig hätte ich nur zu viel zu tun, aber ich
finde noch immer nicht die innere Ruhe zu einem grö-
ßeren Roman, den ich eigentlich schon geschrieben haben müsste. Ich schreibe ziemlich viel Kurzgeschichten
und habe vor ein paar Tagen auch einen Vertrag mit

dem Rundfunk geschlossen, in dem ich etwa wöchentlich einmal reden werde. All das kostet ziemlich viel Einfälle, Nerven und Zeit. Wir debütieren am 9. Januar mit einem Zwiegespräch zwischen Ulla und mir über meinen neuen Roman [»Der Trinker«]. Am 15. Januar dann schon wieder eine Besprechung von Bechers Roman »Der Abschied«, und so weiter usw. Mein Arbeitszimmer ist der einzige Raum im Hause, der noch eine völlig wüste Stätte ist. In der letzten Woche hat Frau Kramer, die Euch bestens grüßen lässt, versucht, die Bücher wenigstens vorzuordnen, aber wie meist sehe ich vorläufig noch keine Möglichkeit, all meine Schätze unterzubringen, und stapelte ich sie auch bis unter die Decke. Dabei ist doch noch ein großer Teil der Bücher, darunter meine schönsten, auf dem Klinkecken [alte Adresse]. Natürlich können wir ja auch nicht annähernd so still und zurückgezogen leben wie in Carwitz. Ob ich will oder nicht, ich muss als »prominenter Künstler« an allen möglichen Sitzungen und Tagungen teilnehmen, die mich meist schrecklich langweilen, die aber oft wenigstens den Vorteil haben, dass man auf ihnen ab und an gut zu essen und reichlich zu rauchen bekommt. So müssen Ulla und ich zum Beispiel am 3. Januar den 70. Geburtstag von Pieck, dem Vorsitzenden der Kommunistischen Partei, im Staatstheater mitfeiern; den letzten Ausschlag, dorthin zu gehen, gab die Erwägung, dass diese Feier lang ist, dass die Gäste unmöglich ungefüttert nach Hause geschickt werden können.

Ulla ist eben von einem Besorgungsgang heimgekehrt. Sie wollte Fett, Zucker und Rauchwaren schnorren, um den heutigen Silvesterabend mit Backwerk und blauem Dunst zu verschönen, ich hoffe, sie war erfolgreich. Wir werden heute aber ganz unter uns bleiben und sind fest entschlossen, nicht bis Mitternacht aufzusitzen. Von der übermäßigen Feierei haben wir noch vom Weihnachtsabend genug, wo wir nach unserm eigentlichen Fest noch bei Bechers in größerem Kreis eingeladen waren, wo es leider so viel zu trinken gab, dass diesmal nicht nur ich, sondern auch Ulla schlappmachte, die ja sonst jedem Alkohol gewachsen ist.

So, liebe Mutti, nun wünschen wir Dir noch von Herzen, dass das nächste morgen beginnende Jahr etwas erfreulicher für Dich ausfallen möge als das nun zu Ende gehende, für Dich und uns alle. [...] Grüße Mückchen, Achim, Suse recht herzlich von uns und sei Du selber vielmals gegrüßt und bedankt von

Deinem
[Rudolf]

Der letzte Brief*

[An Suse Ditzen]

Berlin, am 20. XII. 46
Charité – Nervenklinik – Station VI.

Liebe Suse, ich will die Kinder nicht ohne einen Weih-
nachtsgruß von uns zu Dir fahren lassen. Feiert ein
recht schönes Fest alle miteinander, entlasst für diese
Tage einmal ganz Eure Sorgen und freut Euch mit- und
aneinander. Ich werde mit meinen Gedanken viel bei
Euch sein, besonders auch bei Mutti, die Du sehr herzlich grüßen musst. Du wirst besonders stolz und glücklich über Deine beiden Großen sein: Uli bringt ein über-
mittelgutes Zeugnis nach Haus; er kann und wird stolz
über das Erreichte sein – hoffentlich wird er nicht wirklich ›stolz‹. Um Mückchen ist mir nicht angst: immer
mehr erweist sich, dass sie zu ihrem warmen Herzen
auch einen recht offenen Kopf besitzt, und ich wünsch-
te ihrem großen Bruder manchmal ein wenig von dem
wirklichen Humor, mit dem Mücke auch schwierigen
Lebenslagen gegenübersteht. Und Achim, unser kleiner
Strahlesohn, unsere Sonne, ihm gehört ja immer mein
ganzes Herz – wie wird er jubeln und lachen!

Unsere Geschenke für die Kinder zum Fest werden nun noch einiges auf sich warten lassen. Ich bekomme durch Bonnier in Stockholm für Ulla und Mücke und auch für Achim (wenn Du es für nötig hältst) hohe Lederschnürschuhe. Für die beiden Großen bringt mir Uli heute Nachmittag die Fußlänge in Zentimetern, da ich nicht weiß, ob die deutschen und schwedischen Maßangaben übereinstimmen; für Achim schickst Du sie mir vielleicht telegraphisch bis zum 1. I. hierher. So lange werde ich mit der Absendung des Briefes an Bonnier warten. Außerdem wird Uli nun endlich einen Schneidermaßanzug bekommen; das Geld dafür liegt bereit, und auch der Schneider ist gefunden; sofort nach seiner Rückkunft gehe ich mit Uli zu ihm. Für Mückchen kommt noch ein Wollkleid, das Ulla mit ihr aussuchen wird; auch dafür liegt das Geld bereit. Nichts kommt freilich mehr zurecht zum Fest, aber es wird ja auch noch später Freude bereiten.

Seit gestern ist nun auch Ulla hier im Hause – im letzten Krankenhause hätte man mir das arme Kind fast ganz verdorben. Sie ist freilich in einem Zustand, in dem ich sie noch nicht sehen darf. Zum Fest werde ich allein sein. Ich bin wie ein Lahmer, der bisher geführt wurde, der aber jetzt nicht nur allein gehen muss, sondern auch einen Blinden führen muss. Ich habe nicht mehr viel Wünsche für mich (nur für meine Arbeit), ich bete nur um die Kraft, endlich ein wenig mehr ein Mann zu werden. – Glücklich macht mich, dass ich endlich seit dem Wolf einen guten Roman geschrieben habe »Jeder stirbt für sich allein« (lies bloß nicht den albernen und auch noch zerschnitzelten »Alpdruck«) und dass ich zwei gute Arbeitsvorhaben habe. Nun müssen nur noch die äußeren Lebensumstände (Heizung, Ernährung) einigermaßen günstig sein!

Ich werde dafür Vorsorge treffen, dass zur Rückkunft der Kinder am 10. I. im Hause erträgliche Zustände herrschen und dass auch Vorräte da sind. Vielleicht bin ich dann auch schon dort. Ulla bestimmt noch nicht. Wenn es Dir gelingen sollte, Ulis Feindschaft gegen Ulla, die unser Zusammenleben oft gefährdet, mit einem vorsichtigen Wort zu dämpfen, wäre das sehr wertvoll. Ich nehme an, er sieht in Ulla stets die, die Dir Deinen Platz vorenthält, und das tut sie doch gewiss nicht!

Ich wünsche Dir, ich wünsche Euch alles Gute.

Dein Freund Ditzen

Lüttenweihnachten

Tüchtig neblig heute«, sagte am 20. Dezember der Bauer Gierke ziellos über den Frühstückstisch hin. Es war eigentlich eine ziemlich sinnlose Bemerkung, jeder wusste auch so, dass Nebel war, denn der Leuchtturm von Arkona heulte schon die ganze Nacht mit seinem Nebelhorn wie ein Gespenst, das das Ängsten kriegt.

Wenn der Vater die Bemerkung trotzdem machte, so konnte sie nur eines bedeuten. »Neblig –?«, fragte gedehnt sein dreizehnjähriger Sohn Friedrich.

»Verlauf dich bloß nicht auf deinem Schulwege«, sagte Gierke und lachte.

Und nun wusste Friedrich genug, und auf seinem Zimmer steckte er schnell die Schulbücher aus dem Ranzen in die Kommode, lief in den Stellmacherschuppen und »borgte« sich eine kleine Axt und eine Handsäge. Dabei überlegte er: Den Franz von Gäbels nehm ich nicht mit, der kriegt Angst vor dem Rotvoß. Aber Schöns Alwert und die Frieda Benthin. Also los!

Wenn es für die Menschen Weihnachten gibt, so muss

es das Fest auch für die Tiere geben. Wenn für uns ein Baum brennt, warum nicht auch für Pferde und Kühe, die doch das ganze Jahr unsere Gefährten sind? In Baumgarten jedenfalls feiern die Kinder vor dem Weihnachtsfest Lüttenweihnachten für die Tiere, und dass es ein verbotenes Fest ist, von dem der Lehrer Beckmann nichts wissen darf, erhöht seinen Reiz. Nun hat der Lehrer Beckmann nicht nur körperlich einen Buckel, sondern er kann auch sehr bösartig werden, wenn seine Schüler etwas tun, was sie nicht sollen. Darum ist Vaters Wink mit dem nebligen Tag eine Sicherheit, dass das Schulschwänzen heute jedenfalls von ihm nicht allzu tragisch genommen wird.

Schule aber muss geschwänzt werden, denn wo bekommt man einen Weihnachtsbaum her? Den muss man aus dem Staatsforst an der See oben stehlen, das gehört zu Lüttenweihnachten. Und weil man beim Stehlen erwischt werden kann und weil der Förster Rotvoß ein schlimmer Mann ist, darum muss der Tag neblig sein, sonst ist es zu gefährlich. Wie Rotvoß wirklich heißt, das wissen die Kinder nicht, aber er ist der Förster und hat einen fuchsroten Vollbart, darum heißt er Rotvoß.

Von ihm reden sie, als sie alle drei etwas aufgeregt über die Feldraine der See entgegenlaufen. Schöns Alwert weiß von einem Knecht, den hat Rotvoß an einen Baum gebunden und so lange mit der gestohlenen Fichte geschlagen, bis keine Nadeln mehr daran saßen. Und

Frieda weiß bestimmt, dass er zwei Mädchen einen ganzen Tag lang im Holzschauer eingesperrt hat, erst als Heiligenabend vorbei war, ließ er sie wieder laufen.

Sicher ist, sie gehen zu einem großen Abenteuer, und dass der Nebel so dick ist, dass man keine drei Meter weit sehen kann, macht alles noch viel geheimnisvoller. Zuerst ist es ja sehr einfach: Die Raine auf der Baumgartener Feldmark kennen sie: Das ist Rothspracks Winterweizen, und dies ist die Lehmkule, aus der Müller Timm sein Vieh sommers tränkt.

Aber sie laufen weiter, immer weiter, sieben Kilometer sind es gut bis an die See, und nun fragt es sich, ob sie sich auch nicht verlaufen im Nebel. Da ist nun dieser Leuchtturm von Arkona, er heult mit seiner Sirene, dass es ein Grausen ist, aber es ist so seltsam, genau kriegt man nicht weg, von wo er heult. Manchmal bleiben sie stehen und lauschen. Sie beraten lange, und als sie weitergehen, fassen sie sich an den Händen, die Frieda in der Mitte. Das Land ist so seltsam still, wenn sie dicht an einer Weide vorbeikommen, verliert sie sich nach oben ganz in Rauch. Es tropft sachte von ihren Ästen, tausend Tropfen sitzen überall, nein, die See kann man noch nicht hören. Vielleicht ist sie ganz glatt, man weiß es nicht, heute ist Windstille.

Plötzlich bellt ein Hund in der Nähe, sie stehen still, und als sie dann zehn Schritte weitergehen, stoßen sie an eine Scheunenwand. Wo sie hingeraten sind, machen sie aus, als sie um eine Ecke spähen. Das ist Nagels Hof, sie erkennen ihn an den bunten Glaskugeln im Garten.

Sie sind zu weit rechts, sie laufen direkt auf den Leuchtturm zu, und dahin dürfen sie nicht, da ist kein Wald, da ist nur die steile, kahle Kreideküste. Sie stehen noch eine Weile vor dem Haus, auf dem Hof klappert einer mit Eimern, und ein Knecht pfeift im Stall: Es ist so heimlich! Kein Mensch kann sie sehen, das große Haus vor ihnen ist ja nur wie ein Schattenriss.

Sie laufen weiter, immer nach links, denn nun müssen sie auch vermeiden, zum alten Schulhaus zu kommen – das wäre so schlimm! Das alte Schulhaus ist gar kein Schulhaus mehr, was soll hier in der Gegend ein Schulhaus, wo keine Menschen leben – nur die paar weit verstreuten Höfe … Das Schulhaus besteht nur aus runtergebrannten Grundmauern, längst verwachsen, verfallen, aber im Sommer blüht hier herrlicher Flieder. Nur, dass ihn keiner pflückt. Denn dies ist ein böser Platz, der letzte Schullehrer hat das Haus abgebrannt und sich aufgehängt. Friedrich Gierke will es nicht wahrhaben, sein Vater hat gesagt, das ist Quatsch, ein Altenteilhaus ist es mal gewesen. Und es ist gar nicht abgebrannt, sondern es hat leer gestanden, bis es verfiel. Darüber geraten die Kinder in großen Streit.

Ja, und das Nächste, dem sie nun begegnen, ist grade dies alte Haus. Mitten in ihrer Streiterei laufen sie grade darauf zu! Ein Wunder ist es in diesem Nebel. Die Jungens können's nicht lassen, drinnen ein bisschen zu stöbern, sie suchen etwas Verbranntes. Frieda steht abseits auf dem Feldrain und lockt mit ihrer hellen Stimme. Ganz nah, wie schräg über ihnen, heult der Turm, es ist schlimm anzuhören. Es setzt so langsam ein und schwillt und schwillt, und man denkt, der Ton kann gar nicht mehr voller werden, aber er nimmt immer mehr zu, bis das Herz sich ängstigt und der Atem nicht mehr will –: »Man darf nicht so hinhören ...«

Jetzt sind es höchstens noch zwanzig Minuten bis zum Wald. Alwert weiß sogar, was sie hier finden: erst einen Streifen hoher Kiefern, dann Fichten, große und kleine, eine Wildnis, grade was sie brauchen, und dann kommen die Dünen und dann die See. Ja, nun beraten sie, während sie über einen Sturzacker wandern: erst der Baum oder erst die See? Klüger ist es, erst an die See, denn wenn sie mit dem Baum länger umherlaufen, kann sie Rotvoß doch erwischen, trotz des Nebels. Sind sie ohne Baum, kann er ihnen nichts sagen, obwohl er zu fragen fertigbringt, was Friedrich in seinem Ranzen hat. Also erst See, dann Baum.

Plötzlich sind sie im Wald. Erst dachten sie, es sei nur ein Grasstreifen hinter dem Sturzacker, und dann waren sie schon zwischen den Bäumen, und die standen enger und enger. Richtung? Ja, nun hört man doch das Meer, es donnert nicht grade, aber gestern ist Wind gewesen, es wird eine starke Dünung sein, auf die sie zulaufen.

Und nun seht, das ist nun doch der richtige Baum, den sie brauchen, eine Fichte, eben gewachsen, unten breit, ein Ast wie der andere, jedes Ende gesund – und oben so schlank, eine Spitze so hell, in diesem Jahre getrieben. Kein Gedanke, diesen Baum stehen zu lassen, so einen finden sie nie wieder. Ach, sie sägen ihn ruchlos ab, sie bekommen ein schönes Lüttenweihnachten, das herrlichste im Dorf, und Posten stellen sie auch nicht aus. Warum soll Rotvoß grade hierherkommen? Der Waldstreifen ist über zwanzig Kilometer lang. Sie binden die Äste schön an den Stamm, und dann essen sie ihr Brot, und dann laden sie den Baum auf, und dann laufen sie weiter zum Meer.

Zum Meer muss man doch, wenn man ein Küstenmensch ist, selbst mit solchem Baum. Anderes Meer haben sie näher am Hof, aber das sind nur Bodden und Wieks. Dies hier ist richtiges Außenmeer, hier kommen die Wellen von weit, weit her, von Finnland oder von Schweden oder auch von Dänemark. Richtige Wellen …

Also, sie laufen aus dem Wald über die Dünen.

Und nun stehen sie still.

Nein, das ist nicht mehr die Brandung allein, das ist ein seltsamer Laut, ein wehklagendes Schreien, ein endloses Flehen, tausendstimmig. Was ist es? Sie stehen und lauschen.

»Jung, Manning, das sind Gespenster!«

»Das sind die Ertrunkenen, die man nicht begraben hat.«

»Kommt, schnell nach Haus!«

Und darüber heult die Nebelsirene.

Seht, es sind kleine Menschentiere, Bauernkinder, voll von Spuk und Aberglauben, zu Haus wird noch besprochen, da wird gehext und blau gefärbt. Aber sie sind kleine Menschen, sie laden ihren Baum wieder auf und waten doch durch den Dünensand dem klagenden Geschrei entgegen, bis sie auf der letzten Höhe stehen, und –

Und was sie sehen, ist ein Stück Strand, ein Stück Meer. Hier über dem Wasser steht es ein wenig, der Nebel zieht in Fetzen, schließt sich, öffnet den Ausblick. Und sie sehen die Wellen, grüngrau, wie sie umstürzen, weißschäumend draußen auf der äußersten Sandbank, näher tobend, brausend. Und sie sehen den Strand, mit Blöcken besät, und dazwischen lebt es, dazwischen schreit es, dazwischen watschelt es in Scharen …

»Die Wildgänse!«, sagen die Kinder. »Die Wildgänse –!«

Sie haben nur davon gehört, sie haben es noch nie gesehen, aber nun sehen sie es. Das sind die Gänsescharen, die zum offenen Wasser ziehen, die hier an der Küste Station machen, eine Nacht oder drei, um dann weiterzuziehen, nach Polen oder wer weiß wohin, Vater weiß es auch nicht. Da sind sie, die großen wilden Vögel, und sie schreien, und das Meer ist da und der Wind und der

Nebel, und der Leuchtturm von Arkona heult, und die Kinder stehen da mit ihrem gemausten Tannenbaum und starren und lauschen und trinken es in sich ein –

Und plötzlich sehen sie noch etwas, und magisch verführt gehen sie dem Wunder näher. Abseits, zwischen den hohen Steinblöcken, da steht ein Baum, eine Fichte wie die ihre, nur viel, viel höher, und sie ist besteckt mit Lichtern, und die Lichter flackern im leichten Windzug …

»Lüttenweihnachten«, flüstern die Kinder. »Lüttenweihnachten für die Wildgänse …«

Immer näher kommen sie, leise gehen sie, auf den Zehen – oh, dieses Wunder! –, und um den Felsblock biegen sie. Da ist der Baum vor ihnen in all seiner Pracht, und neben ihm steht ein Mann, die Büchse über der Schulter, ein roter Vollbart …

»Ihr Schweinekerls!«, sagt der Förster, als er die drei mit der Fichte sieht.

Und dann schweigt er. Und auch die Kinder sagen nichts. Sie stehen und starren. Es sind kleine Bauerngesichter, sommersprossig, selbst jetzt im Winter, mit derben Nasen und einem festen Kinn, es sind Augen, die was in sich reinsehen. Immerhin, denkt der Förster, haben sie mich auch erwischt beim Lüttenweihnachten. Und der Pastor sagt, es sind Heidentücken. Aber was soll man denn machen, wenn die Gänse so schreien und der Nebel so dick ist und die Welt so eng und so weit und Weihnachten vor der Tür ... Was soll man da machen ...?

Man soll einen Vertrag machen auf ewiges Stillschweigen, und die Kinder wissen ja nun, dass der gefürchtete Rotvoß nicht so schlimm ist, wie sich die Leute erzählen.

Ja, da stehen sie nun: ein Mann, zwei Jungen, ein Mädel. Die Kerzen flackern am Baum, und ab und zu geht auch eine aus. Die Gänse schreien, und das Meer braust und rauscht. Die Sirene heult. Da stehen sie, es ist eine Art Versöhnungsfest, sogar auf die Tiere erstreckt, es ist Lüttenweihnachten. Man kann es feiern, wo man will, am Strande auch, und die Kinder werden es nachher in ihres Vaters Stall noch einmal feiern.

Und schließlich kann man hingehen und danach handeln. Die Kinder sind imstande und bringen es fertig, die Tiere nicht unnötig zu quälen und ein bisschen nett zu ihnen zu sein. Zuzutrauen ist ihnen das.

Das Ganze aber heißt Lüttenweihnachten und ist ein verbotenes Fest, der Lehrer Beckmann wird es ihnen morgen schon zeigen!

Anhang

Biographische Notiz

Hans Fallada (eigentlich Rudolf Ditzen) wurde am 21. Juli 1893 als Sohn einer großbürgerlichen Familie in Greifswald geboren. Er wuchs mit den älteren Schwestern Elisabeth (»Ibeth«) und Margarete (»Dete«) und dem jüngeren Bruder Ulrich (»Uli«) auf. 1899 zogen die Ditzens nach Berlin (aus diesen Jahren stammen die hier enthaltenen Erinnerungen an das Weihnachten seiner Kindheit). 1909 übersiedelte die Familie nach Leipzig, wo der junge Hans Fallada bald als Außenseiter galt. Mit 17 Jahren kam er nach Rudolstadt, wo er das Fürstliche Gymnasium besuchte. Mit seinem Freund Hanns Dietrich von Necker plante er im Oktober 1911 einen als Duell getarnten Doppelselbstmord, bei dem der Freund starb. Fallada überlebte schwer verletzt, wurde wegen Totschlag verhaftet und in eine psychiatrische Klinik eingewiesen. Die Anklage wurde fallengelassen, er verließ das Gymnasium jedoch ohne Abschluss. Seine Tante Adelaide (»Ada«) stand ihm in dieser Zeit bei, nicht nur unterrichtete sie ihn in Englisch, Französisch und Italienisch, auch vermittelte sie Übersetzungsaufträge. Von

1913 bis 1915 absolvierte Fallada eine landwirtschaftliche Lehre. Er lernte den Gutsverwalter Johannes Kagelmacher kennen, mit dem ihn eine langjährige Freundschaft verband. Die Jahre 1917 bis 1919 verbrachte der Alkoholkranke hauptsächlich in Entzugsanstalten und Privatsanatorien. Im letzten Kriegsjahr 1918 fiel sein Bruder Uli in Frankreich. Fallada schlug sich als Rendant auf Rittergütern, Hofinspektor, später als Buchhalter, Adressenschreiber, Annoncensammler und Verlagsangestellter durchs Leben. Zweimal wurde er zu Haftstrafen verurteilt, weil er seine Drogen- und Alkoholsucht durch Betrugs- und Unterschlagungsdelikte zu finanzieren versuchte.

1928, nach seiner zweiten Haftentlassung, lernte er Anna (»Suse«) Issel kennen, die er am 5. April 1929 heiratete und die zum Vorbild für eine seiner berühmtesten Romanfiguren, das *Lämmchen* in »Kleiner Mann – was nun?«, wurde. Sie bekamen vier Kindern: Ulrich, genannt »Uli« (1930), die Zwillinge Lore und Edith (1933; Edith starb wenige Stunden nach der Geburt) und Achim (1940).

Anfang der 1930er Jahre begann Falladas literarischer Erfolg. Mit dem Roman »Bauern, Bonzen und Bomben« fand er Beachtung. »Kleiner Mann – was nun?« brachte ihm 1932 den Durchbruch als Schriftsteller und internationale Anerkennung. Seinen Künstlernamen wählte er in Anlehnung an zwei Grimm'sche Märchen, »Hans im

Glück« und »Die Gänsemagd«, in denen ein Pferd namens Falada vorkommt. Im März 1933 wurde Fallada bei der SA denunziert und vorübergehend inhaftiert. Noch im selben Jahr kaufte er ein Anwesen in Carwitz, Mecklenburg, wo er die Jahre bis zum Ende des Zweiten Weltkriegs als »unerwünschter Autor« verbrachte und weitere Romane schrieb: »Wer einmal aus dem Blechnapf frißt« (1934), »Wir hatten mal ein Kind« (1934), »Wolf unter Wölfen« (1937), »Der eiserne Gustav« (1938), »Kleiner Mann, großer Mann – alles vertauscht« (1939) und »Ein Mann will nach oben« (1941). 1942/43 folgten die Erinnerungen »Damals bei uns daheim« und »Heute bei uns zu Haus«. 1944 scheiterte seine Ehe. Am 24. August 1944 löste sich bei einem Streit mit seiner geschiedenen Frau ein Schuss aus einer Pistole. Daraufhin wurde er wegen versuchten Totschlags angeklagt und schließlich am 4. September 1944 bis zum 13. Dezember 1944 als nicht zurechnungsfähig in die Landesanstalt Strelitz eingewiesen. Hier entstanden u. a. die postum veröffentlichten Werke »Der Trinker« und das Gefängnistagebuch »In meinem fremden Land«, in denen er die Jahre der »inneren Emigration« aufarbeitete.

Im Februar 1945 heiratete Hans Fallada die fast 30 Jahre jüngere Ursula (»Ulla«) Losch, die wie er drogenabhängig war. Sie zogen bei Kriegsende nach Berlin, wo Ulla eine Wohnung hatte und Fallada den Präsidenten des »Kulturbundes zur demokratischen Erneuerung

Deutschlands«, Johannes R. Becher, kennenlernte, der ihn persönlich unterstützte und sein Schreiben förderte. 1947 wurde Fallada, am Ende seiner Kräfte und psychisch erschöpft durch seine Alkohol- und Morphiumsucht, in einem Berliner Sanatorium behandelt, wo er am 5. Februar 1947 starb. Wenig später erschien sein letzter Roman »Jeder stirbt für sich allein«.

War das Weihnachten seiner Kindheit eine Zeit der vollkommenen Magie und der Geschenke, wurde es im Laufe der Jahre zu einer Zeit der Betriebsamkeit und Besorgungen, im Krieg zu einer Zeit der Entbehrungen und Bescheidenheit, bis es am Ende eine Zeit der Krankheit und der Einsamkeit bedeutete. Nicht zuletzt durch seine Phantasie und Erinnerungsgabe aber erhielt sich Fallada das Andenken an die frühen Weihnachten, ließ sie bei späteren Festen für und dank seiner Kinder wiederaufleuchten. Der Jahreswechsel war für ihn stets eine Zeit des Innehaltens, des Ordnens und des Neuanfangs, immer eine Zeit für seine Lieben, für die Gäste und alle, die ihm in der Ferne verbunden waren – die Zeit der Familie.

Text- und Bildnachweis

Baberbeinchen-Mutti
Aus: Tägliche Rundschau, Berlin, 24. Dezember 1945.

Der gestohlene Weihnachtsbaum, Fünfzig Mark und ein fröhliches Weihnachtsfest, Lieber Hoppelpoppel – wo bist du?, Lüttenweihnachten
Aus: Hans Fallada, Märchen und Geschichten. Ausgewählte Werke in Einzelausgaben, Band 9. Aufbau-Verlag Berlin und Weimar 1985.

Der parfümierte Tannenbaum
Aus: Hans Fallada, Kleiner Mann – was nun? Roman. Ausgewählte Werke in Einzelausgaben, Band 2. Aufbau-Verlag Berlin und Weimar 1982.

Eine Weihnachtsfreude*
Aus: Hans Fallada, Heute bei uns zu Haus. Ein anderes Buch. Erfahrenes und Erfundenes. Ausgewählte Werke in Einzelausgaben, Band 10. Aufbau-Verlag Berlin und Weimar 1983.

Familienbräuche
Aus: Hans Fallada, Damals bei uns daheim. Erlebtes, Erfahrenes und Erfundenes. Ausgewählte Werke in Einzelausgaben, Band 10. Aufbau-Verlag Berlin und Weimar 1982.

Weihnachten der Pechvögel
Aus: Tägliche Rundschau, Berlin, 25. Dezember 1946.

Sämtliche Briefe befinden sich (in Kopie oder Original) im Hans-Fallada-Archiv, Feldberg.

Die Abbildungen stammen aus dem Privatarchiv Uli Ditzens.

Die Orthographie wurde den heute geltenden Regeln angepasst. Eigenheiten des Autors wurden beibehalten.